村上春樹とフィクショナルなもの

「地下鉄サリン事件」以降のメタファー物語論

芳川泰久
Yasuhisa Yoshikawa

幻戯書房

村上春樹とフィクショナルなもの

「地下鉄サリン事件」以降のメタファー物語論

芳川泰久

装丁　小沼宏之

はじめに

この本のきっかけは、ばらばらだと思っていたいくつかの不可解な思いにつながりを見つけたことにある。それらの疑問は、抱いた時期が異なるので、孤島のようにとびとびに、いわば連絡船もない状態で思考の海原に浮かんでいた。

『海辺のカフカ』を読み終えたとき、主人公の田村カフカの父親をナイフで刺殺したのはナカタさんなのか息子のカフカ少年なのか、小説家にはぐらかされた気がした。夕方まで四国・高松の図書館にいたカフカ少年が、その夜に東京・中野の自宅にいる父親を殺して、翌朝、また図書館にもどることなど不可能なのに、殺害時刻をはさむように何時間か意識を失っていて、神社の境内で倒れていた。気がつくと、少年のシャツにはべっとりと血が付着していて、殺害をしたはずのナカタさんには、返り血を浴びた描写はあるものの、我に返ると、もといた空き地にいて、返り血など少しも服についていない。このチグハグさというか逆転がどうしてなのか、腑に落ちなかった。

『1Q84』の読後には、ヒロインの青豆が性交を伴わないのに妊娠していて、しかもその子の父親が、小学校を転校して以来顔を合わせたことのない天吾だと理由もなく強く確信していることに、不信感がつのった。天吾と青豆が再会を果たすのは物語の最後においてであり、その時すでに青豆は妊娠している。まるでイエスを授かったマリアみたいではないか、物語にそのような状況を持ち込む作者に納得できなかった。

そして『騎士団長殺し』を読みながら持ちつづけた疑問は、「ただのイデア」だと名乗る「騎士団長」が、どう見ても、他の登場人物たちと同じように物語のなかを動き回り、言葉を口にすることだった。伊豆高原にある老後施設の部屋から、地底にある「二重メタファー」の世界を踏破して、主人公の「私」が小田原の「谷間の入り口近くの山の上」にある家の敷地に掘らせた「穴」に移動することも、どうにもいぶかしかった。

わたしはそんな不可解な思いを三つの長篇小説に抱いていたが、ふと思い立って、というか、ずっと抱えていた別の疑問に促されて、一冊の本を手にしていた。それは、「地下鉄サリン事件」の被害者やその家族をインタビューした『アンダーグラウンド』である。その本を読む前から、そして読み終えてからも、どうして村上春樹がそのような仕事をしたのか分からなかった。そのような、とは、小説を書いたりエッセイを執筆したりする文芸の領域に収まりきらない、という意味である。「地下鉄サリン事件」の被害者やその家族にインタビューして、その記録を残すことと、物語を作ることがひとりの小説家のなかでどうつながるのか、まったく見えなかったのだ。

インタビュー集をふたたび読みながら頭に浮かんだのは、腑に落ちなかったり疑問に思った長篇小説はどれも、『アンダーグラウンド』以降に書かれていることだった。小説家のなかで何かが変わったのだろうか、と思いながらインタビュー部分を読み終え、わたしは巻末に置かれた「目じるしのない悪夢」を読み進めていた。相変わらず、そこには小説家の忸怩たる思いというか負い目の意識のようなものが色濃く漂っているのを感じていたが、その「（6）圧倒的な暴力が私たちの前に暴き出したもの」にさしかかったとき、かつて反応しなかった個所に目が釘付けとなった。

そこで村上春樹は、「阪神大震災」と「地下鉄サリン事件」を「一対のカタストロフ」と指摘したあとで、その「一対の」を言い換えて、「そのひとつを、もうひとつの結果的なメタファー」と捉え直していた。そのとたん、『アンダーグラウンド』を霧のように覆っていると感じた小説家の負い目の理由が理解できた気がした。つづいて、『アンダーグラウンド』以降に書かれた長篇に抱いた不可解さをつなぐ糸が見えたのである。

その糸は、孤島のようにばらばらにあった不可解な思いをつなぐ連絡船にほかならない。そしてその糸とは、小説家が書きつけた「結果的なメタファー」という言葉である。村上春樹は、このメタファーを、長篇小説の構築に用い、いわばその最後に残った処理の痕跡に、自分が不可解な思いを抱いたのだと合点がいったのだ。少なくとも、メタファーという視点をもとに三つの長篇小説を読んでいけば、疑問は氷解するだろうという感触を得たのである。言い添えれば、このメタファーという言葉は、狭義の、修辞学でいうメタファー（隠喩・暗喩）ではない。物語の構築に転用できる、広義の、あえていえば構造的なメタファーである。そうしてその結果を、わたしは「文學界」に「「地下鉄サリン事件」以降の村上春樹――メタファー装置としての長篇小説（前篇）」（２０１９年11月号）と「同（後篇）」（２０２０年2月号）として発表した。

それから何度か三つの長篇小説と『アンダーグラウンド』を読み返すうち、もうひとつのつながりが見えてきた。『アンダーグラウンド』をはさむように書かれた『ねじまき鳥クロニクル』と『海辺のカフカ』をつなぐ糸とその切断にほかならない。糸とは、『海辺のカフカ』が『ねじまき鳥クロニクル』から引き継いだ問題であり、その切断とは、『海辺のカフカ』で差し出された新たな解決方法だと言える。そしてそこに、メタファーがかかわっていることが、『海辺のカフカ』をふくむ長篇小説を読みなおしていく過程で実感されたのだった。

そのような視点から、『アンダーグラウンド』のあとに書かれた長篇小説を読みなおした足跡が本書である。おかげで、『海辺のカフカ』に引き継がれた『ねじまき鳥クロニクル』の抱えていた問題にも触れることができた。さらには、『ねじまき鳥クロニクル』の執筆を促したと思われる大江健三郎の村上春樹批判についても、本書の射程に取り入れることができた。その結果、本書での章構成はこのようなかたちになった。

第1章では、大江健三郎の批判がもたらしたものを「アクチュアルかフィクショナルか」という章題で考察している。第2章では、『アンダーグラウンド』の「目じるしのない悪夢」に横溢する小説家の負い目の意識に注目しながら、そこに刻まれた「メタファー」という視点が、どのように物語を構築する方法になるかを探った。それが、「阪神大震災」と「地下鉄サリン事件」と切っても切り離せないという意味で、「麻原彰晃に負けた村上春樹」という副題を持つ「小説家の負い目」という章題に表れている。

第3章では、メタファーという方法が物語に援用されるプロセスをわかりやすく示すために、「メタファー・ゲーム」という視点を一種の拡大鏡として用い、三つの長篇小説から特徴的なメタファーの例をこの拡大鏡を通して見ることになった。特徴的な、というのは、どれも最愛の存在が消滅し、メタファーを介してふたたび姿を見せるという特徴を共通点として持っていて、参照した「メタファー・ゲーム」もまた最愛の存在の不在(消滅)と再来(帰還)をゲームの要諦としていたからである。題して、「メタファー・ゲームとしての物語」とした。

このあと、三つの長篇小説にそれぞれ二章ずつをあてて、メタファーという視点から解読を行なった。第4章では、『海辺のカフカ』を対象に、リアリズムとその対極にあるファンタジー傾向にメタファーという視点がどうかかわっているかを具体的に論じた。リアリズムを支える論拠をも示したが、題して「華やぐメタファー」とした。第5章では、『海辺のカフカ』が、どのように『ねじまき鳥クロニクル』で小説家が逢着した問題点を受け継ぎ、これに対しメタファーという方法で解決を試みようとしたかを中心に扱った。『ねじまき鳥クロニクル』が直面した問題は、まさにリアリズムの臨界点にかかわるもので、それを要約すれば、人は同時に二つの場所に存在し得るか、となる。それが量子論の電子の振る舞いを連想させることから、この章のタイトルを「量子論的な不可能性をどう回避するか」とした。根底には、リアリズムの可能性という問題意識がある。

第6章と第7章では、『1Q84』について、メタファーという方法を小説家がどのように物語の細部に用いているかを見た。第6章では、とりわけ月が二つ空に浮かぶ世界をめぐって読解を進めた。第7章では、メタファーという視点を物語に用いる際に、メタファー関係（構造）から生じる意味のバイアスに注目し、これを、物語を動かす一種のモーメントとして考えることで、小説の重要な局面でどれもこのモーメントが使われていることを確認した。三つの分析を紹介するとともに、かねてより疑問だった青豆の性交なき妊娠にメタファーという視点から新たな読みを差し出し、章題は「メタファーと物語のモーメント」とした。

第8章と第9章では、『騎士団長殺し』を対象に解読を試みた。第8章では、騎士団長の出現と秋川まりえの失踪が構造的にメタファー関係にあることに着目し、物語のなかでつながりのない二つの出来事がいかに「メタファー・ゲーム」としての物語を育むかを見た。第9章では、メタファーという方法が物語の重要な局面で使われていることを確認しながら、主人公の「私」もまた一種のメタファーになっていく過程に焦点をあてた。それぞれ「二つの障害　「騎士団長」の出現と「秋川まりえ」の失踪」、「消滅と出現のメタファー・ゲーム」と章題を付した。

第10章では、本書を閉じるにあたって、ふたたび『ねじまき鳥クロニクル』を取り上げた。その英語版から消えたページの持つ意味について分析し、『アンダーグラウンド』をはさんで、物語に用いられている方法が記号の操作からメタファー構造の援用に変わったことに言及し、その根底にリアリズムをめぐる問題意識が底流していることを確認した。また、作品で言えば、そうした方法の変化のあいだに『アンダーグラウンド』が位置する意味についても言及した。

そしてそれらの章を挟むように、この「はじめに」と「おわりに」を置いた。本書を書くに至った動機から、それぞれの章の内容にまで筆は及んで、長い「はじめに」となったが、本書を手にとっていただいか方々に、少しでもお役に立てばと願っている。

目次

第1章

アクチュアルかフィクショナルか

——大江健三郎の批判がもたらしたもの

新たなる「転換点」

村上春樹の小説の変化を初期からあげれば、まず「アフォリズム」や「デタッチメント」の段階があり、つづいて「物語」に傾く段階がくる。そしてそののち、小説家自身が「コミットメント」と呼ぶ「転換点」をむかえるが、その「転換点」について、村上春樹は河合隼雄との対談で次のように語っている。

そして『ねじまき鳥クロニクル』はぼくにとってはほんとうに転換点だったのです。〔…〕『ねじまき鳥クロニクル』はぼくにとっては第三ステップなのです。まず、アフォリズム、デタッチメントがあって、次に物語を語るという段階があって、やがて、それでも何か足りないというのが自分でわかってきたんです。そこの部分で、コミットメントということが関わってくるんでしょうね。

（『村上春樹、河合隼雄に会いにいく』）

村上春樹は、『ねじまき鳥クロニクル』が「コミットメント」を刻む自身の「転換点」だと言う。この「コミットメント」という言葉の持つ意味は、決して小さくない。というのも、小説家をそうした新たな段階へと動かすきっかけがあって、「コミットメント」はそれに対する小説家なりの応答となっているからだ。そのきっかけとは、村上春樹に対する大江健三郎による直接の批判にほかならない。その批判が小説家に「転換」を促すことになる。そしてそれが『ねじまき鳥クロニクル』で実践に移されているのだ。大江健三郎による批判は「戦後文学から今日の窮境まで」と題された文章で、こんなふうになされている。

一九八〇年代の日本のいわゆる純文学で、若い世代の〔…〕もっとも強い注目をあびた作家は、村上春樹という、一九四九年生まれで高度成長期にあわせて成人した、新しい才能です。
村上春樹の文学の特質は、社会に対して、あるいは個人生活のもっとも身近な環境に対してすら、いっさい能動的な姿勢をとらぬという覚悟からなりたっています。その上で、風俗的な環境からの影響は抵抗せず受身で受けいれ、それもバック・グラウンド・ミュージックを聴きとるようにしてそうしながら、自分の内的な夢想の世界を破綻なくつむぎだす、それがかれの方法です。戦後文学者たちの能動的な姿勢に立つそれぞれの仕事から、ほぼ三十年をへだてて、それとはまったく対照的に受動的な姿勢に立つ作家が、今日の文学状況を端的に表現しているのです。さきにあげた戦後文学者たち〔少し前に、野間宏、大岡昇平、原民喜、大田洋子、武田泰淳、堀田善衛、中野重治、佐多稲子の名前が挙げられている〕の、多様な、しかも同時代の問題点をすくいあげる主題性の明確さに対して、この新世代を代表する作家は、自分には主題というものに関心はない、ただ、よく書く技術のみが大切なのだとも語っています。
もっともかれの文学は、その作家としての自覚を越えて、世界、社会に対して能動的な姿勢に立つ視点——つまり主題——を失っている同時代人という、もうひとつのレヴェルの主題をよく表現している点で、今日の若い読者たちを広くとらえているのです。いかなる能動的な姿勢も持たぬ人間が、富める消費生活の都市環境で、どのように愉快にスマートに生きてゆくか？　そのモデルを、いくばくかの澄んだ悲哀の感情とともに——それは同時代の世界、社会からさす淡い影を、しかしくっきり反映している感情です——提示しているのが村上春樹の文学です。
しかしそれが若い世代への風俗的影響を越えて、わが国の広い意味での知識層に向けて、今日から明日にかけての日本、日本人のモデルを提示するものであるかといえば、やはりそれはそうでないのではないでしょうか？　太平洋戦争の敗北を契機に、日本の知的地平を作りかえる作業に文学の側から参加した、戦後文学者たちとその同行者としての読者たちとの時代から、はっきり様がわりした文学的状況のうちに、つまり窮境に、今日の僕らは立っているのです。

（『「最後の小説」』所収「戦後文学から今日の窮境まで」）

戦後文学者たちの「能動的な姿勢」との対比から、村上春樹の姿勢と方法が批判されている。社会に対しても、個人の身近なレベルでも、村上春樹は「いっさい能動的な姿勢をとらぬ」という大江健三郎の言い方に、批判の強さが表れている。さらに批判は具体性を帯び、「風俗的な環境からの影響は抵抗せず受身で受けいれ、それもバック・グラウンド・ミュージックを聴きとるようにして」と村上春樹の小説の特徴にまで及ぶ。言われてみれば、村上春樹の物語には、ポップスからクラシックに至るまで「バック・グラウンド・ミュージック」がよく流れている。「自分の内的な夢想の世界を破綻なくつむぎだ」している、と指摘されれば、たしかに、「コミットメント」への「転換点」と言われる『ねじまき鳥クロニクル』より前に書かれた物語には、大江健三郎の批判は見事に当てはまるかもしれない。その上で、大江健三郎はダメを押すように、戦後文学者たちの「多様な、しかも同時代の問題点をすくいあげる主題性の明確さ」に対比的に言及し、村上春樹には「主題」への「関心はない」と断ずるのだが、ここでいわれている主題性とは、特に、第二次世界大戦とその敗北を契機とした歴史に根ざすものを指しているようだ。嚙み砕いて言えば、戦後文学者たちが戦争と戦後の問題を自らの小説の主題にしたのに対し、村上春樹の作品には、そうした歴史に根ざした状況的な問題性・主題性へのかかわりがみられない、と大江健三郎は批判しているのだ。「社会に対して能動的な姿勢に立つ視点――つまり主題――を失っている同時代人という、もうひとつのレヴェルの主題をよく表現している」と付け加えているが、大江健三郎は、そうした社会に対し能動的姿勢が取れないことじたいを、新たな時代と状況の問題性・主題性として肯定的に認める姿勢までは示していない。それは村上春樹批判への、エクスキューズのような付け足しにすぎない。そうしてこの批判を総括するように、大江健三郎は「太平洋戦争の敗北を契機に、日本の知的地平を作りかえる作業に文学の側から参加した、戦後文学者たちとその同行者」に比べ、村上春樹の読まれる「文学的状況のうちに、つまり窮境に、今日の僕らは立っている」と断じるのだ。村上春樹への批判は、今日の文学的状況の「窮境」に着地するのである。

この批判への、村上春樹の応答が河合隼雄との対談で発せられた「コミットメント」にほかならない。作品に則して言えば、これまで村上春樹の小説の主人公がとらなかった能動的な姿勢を、『ねじまき鳥クロニクル』の主人公はとるようになる。具体的には、主人公は何の理由も告げずに自らの前から姿を消した妻のクミコの奪還に、最終的に「コミットメント」しようとする。そこには、これまでの主人公に見られない事態に対して能動的にかかわろうとする姿勢が顕著である。そして広い意味で言えば、日本軍によって歴史的事実から隠蔽されてきたノモンハン事件そのものにちなむエピソードを、村上春樹は『ねじまき鳥クロニクル』に大きく取り入れる。そこには、歴史に根ざす主題性・問題性にかかわらないという大江健三郎の批判に対する、明らかな反論の姿勢を認めることができるだろう。

それだけではない。もっと別なところに、村上春樹の批判返しの強い意思を読み取ることができる。それは、『ねじまき鳥クロニクル』の刊行を受けた河合隼雄との対談がなされた媒体の選択においてである。というのも、大江健三郎の批判が掲載された初出雑誌が「世界」(岩波書店)の一九八六年三月号であり、「コミットメント」を語る河合隼雄との対談が掲載されたのも同じ「世界」においてであり、その一九九六年四月号・五月号だからである。ほぼ十年の隔たりはあるものの、村上春樹は、文芸誌ではない同じ「世界」を対談の場に選んだのだ。その媒体の選択じたいに、大江健三郎のかつての批判に対する村上春樹の応答の姿勢と意思の強さを認めることができる。そのことは、「コミットメント」を実践した『ねじまき鳥クロニクル』が、小説というかたちをとった大江健三郎への批判返しにほかならないことを示唆している。自分が批判された同じ雑誌を対談の場として選ぶこと。その対談で、『ねじまき鳥クロニクル』から導入した「コミットメント」について語ること。それだけで、この対談が大江健三郎の批判に対する応答であることが寡黙に、しかし雄弁に示されている。きわめてスマートな対応というほかない。

水と幻影　『ねじまき鳥クロニクル』による批判返し

そのような視点から読むと、『ねじまき鳥クロニクル』には驚くべきページがある。妻のクミコが家に帰らず、失踪したらしいと承知しながら、なかなか彼女を探そうともしない「僕」の受動的な姿勢が際立つ場面から、一転、妻が何度も救いを求めていたことに気づき、その奪還へと「僕」が翻意するところで、つまり受動から能動へと「僕」の姿勢が切り替わるとき、きわめて重要なページが用意されている。正確に言えば、そのページでの場面の作り方が重要なのだ。少し長いが、中略を入れて引用しよう。

十月の半ばの午後のことだが、区営プールでひとりで泳いでいるときに、僕は幻影のようなものを見た。そのプールではいつもバックグラウンド・ミュージックが流れているのだが、その時にかかっていたのはフランク・シナトラだった。『ドリーム』とか『リトル・ガール・ブルー』といったような古い唄だ。僕はそれを聴くともなく聴きながら二十五メートル・プールをゆっくりと何度も何度も往復していた。そしてそのときに僕は幻影を見たのだ。あるいは啓示のようなものを。

ふと気がつくと僕は巨大な井戸の中にいた。僕が泳いでいるのは区営プールではなく、その井戸の底だった。〔…〕まわりは深い闇に包まれ、ちょうど真上に丸く綺麗に切り取られた空が見えるだけだ。〔…〕それからどれくらいの時間が経過したのだろう。やがて音もなく夜明けがやってきた。〔…〕僕は仰向けになって重い水の上に浮かんだまま、じっと太陽の姿を眺める。眩しくはない。まるで濃いサングラスをかけているみたいに、僕の両方の眼は何かの力によって太陽の激しい光から守られている。

少しあとで、太陽が井戸のちょうど真上あたりに差しかかったとき、その巨大な球体に微かな、しかし明確な変化が生じる。〔…〕やがて太陽の右側の隅にまるであざのような黒いしみが現れるのが見える。〔…〕僕は眼を細めてそのあざの形の中に何かしら意味のようなものを読み取ろうと試みる。でもそれは形でありながら形ではなく、何かでありながら何でもない。その形をじっと見つめていると、僕は自分というものの存在にだんだん自信が持てなくなってくる。〔…〕間違いなく僕はここにいる。ここは区営プールでありながら井戸の底であり、僕は日蝕でありながら日蝕でないものを目撃しているのだ。〔…〕目を開けると、太陽は沈んでいた。そこにはもう何も存在しなかった。円の形にきれいに区切られた虚空が頭上に浮かんでいるだけだ。〔…〕僕はやがて息苦しくなって、大きく胸に息を吸い込む。そしてその中に何かの匂いを感じとる。花の匂いだ。大量の花が暗闇の中で放つなまめかしい匂いだ。〔…〕208号室の暗闇に漂っていたのと同じ匂いだ、と僕は思う。テーブルの上に置かれた大きな花瓶、その中の花。グラスに注がれたスコッチウィスキーの匂いも微かに混じっている。そしてあの奇妙な電話の女――「あなたの中には何か致命的な死角があるのよ」。僕は反射的にあたりを見回す。深い闇の中には何の姿も認められない。でも僕ははっきりと感じる。ついさっきまでここにあり、そして今はもうないものの気配を。彼女はそこでわずかな時間、僕と暗闇を共有し、その存在のしるしとして、花の香りをあとに残して去っていった。〔…〕間違いない。あの女はクミコだったのだ。どうしてこれまでそれに気がつかなかったのだろう。僕は水の中で激しく頭を振った。考えればわかりきったことじゃないか。まったくわかりきったことだ。クミコはあの奇妙な部屋の中から僕に向けて、死に物狂いでそのたったひとつのメッセージを送りつづけていたのだ。「私の名前をみつけてちょうだい」と。〔…〕そしておそらく、あの暗黒の部屋はクミコ自身が抱えていた暗闇の領域だった。〔…〕彼女は本当は僕を切実に必要とし、激しく求めていた。〔…〕だからこそいろいろな方法で、さまざまに形を変えて、必死に何か大きな秘密のようなものを僕に伝えようとしていたのだ。

(『ねじまき鳥クロニクル』第2部・18)

「村上春樹全作品 1990－2000」版で六ページほどにも及ぶ個所を、いくつもの中略をはさんで圧縮しても、この長さになるが、この場面のベースになっているのは「僕」が泳いでいる「区営プール」である。大江健三郎に「個人生活のもっとも身近な環境に対してすらも、いっさい能動的な姿勢をとらぬ」と批判され、「それもバック・グラウンド・ミュージックを聴きとるようにしてそうしながら」と指摘されているのに、村上春樹はこの場面で「そのプールではいつもバックグラウンド・ミュージックが流れているのだが」とあえて批判に逆らうように断わりを入れた上で、具体的にフランク・シナトラの『ドリーム』や『リトル・ガール・ブルー』といったBGMをプール・サイドに流している。そうしてこの小説家は、「僕」に泳ぎながら「幻影を見」させるのだ。その「幻影」を、「あるいは啓示のようなもの」と言い換えもする。プールで泳ぎながら、幻影を見ること。何気なく書かれているようで、この主人公の身振りには、大江健三郎への批判返しの意思が色濃く刻まれている。というのも、「僕」が「コミットメント」に転ずるきっかけとなるこの場面は、大江健三郎の書いた小説の主人公がプールで泳ぎながら、幻影を見ようと期待する場面をなぞっているからだ。その場面は「泳ぐ男――水のなかの「雨の木《レイン・ツリー》」」(『「雨の木《レイン・ツリー》」聴く女たち』所収・一九八二年)にあって、その光景に村上春樹の差し出す場面が対応している以上、そうした対応に、批判への作品による応答の姿勢を読まずにはいられない。

フィクショナルなもの　アクチュアルなもの

では、どのように大江健三郎はその場面を用意していたのか。そこに小説家は、連作を貫く一つの物語的な企てを周到に用意する。その企ての中心に、幻影の「再生」ということが据えられていて、そのきっかけは、この連作の巻頭の作品「頭のいい「雨の木《レイン・ツリー》」」で出会う一本の樹木である。「夜なかに驟雨《しゅうう》があると、翌日は昼すぎまでその茂りの全体から滴をしたたらせ」る「小さな葉をびっしりつけ」た「雨の木《レイン・ツリー》」。その木のイメージを受けて作曲家のT（武満徹を思わせる）が作曲した「雨の木《レイン・ツリー》」を「僕」が聴く場面（次章「「雨の木《レイン・ツリー》」を聴く女たち」）に、こんなふうに用意されることになる。

それぞれのトライアングルの偶然のような和音、そしてこちらは人間の精神の営為だとはっきりしている不協和、ズレ。びっしり茂ったこまやかな葉叢から、たえまなくしたたり落ちる雨の滴、そのようなトライアングルの音質と進行に、僕は暗黒の宙空にかかっている幻の樹木を見た。そして僕がこの小説で表現したかったものは、その「雨の木《レイン・ツリー》」の確かな幻であって、それはほかならぬ僕にとっての、この宇宙の暗喩《メタファー》だと感じたのである。自分がそのなかにかこみこまれて存在しているありかた、そのありかた自体によって把握している、この宇宙。それがいまモデルとして「雨の木《レイン・ツリー》」のかたちをとり、宙空にかかっているのだと。僕は「雨の木《レイン・ツリー》」という宇宙モデルを、暗喩《メタファー》として提出するのに数多くの言葉をついやしたが、ともかく暗喩《メタファー》は音楽家に伝達されて〔…〕もうひとつの「雨の木《レイン・ツリー》」の暗喩《メタファー》が〔…〕いまあらためて暗い舞台に鳴りひびく……

「僕は暗黒の宙空にかかっている幻の樹木を見た」とあるではないか。Tの作曲した音楽から「僕」ははっきりと「幻の樹木」を見て、「宇宙の暗喩《メタファー》」だと感じる。そして自らも小説でそれを表現したかったのだと確認するのだが、大江健三郎はそこに物語的な企てを仕掛けていく。つまり、この連作小説の冒頭章で提示した「雨の木《レイン・ツリー》」を「さかさまに立つ「雨の木《レイン・ツリー》」」の章で炎上させ、物語の企てとしては、その失われた「雨の木《レイン・ツリー》」を何とか小説のなかで暗喩《メタファー》として蘇らせ、最後に「僕」にその幻影を見させようとする。この幻影の「再生」を、小説の最終章「泳ぐ男——水のなかの「雨の木《レイン・ツリー》」」で試みるのだが、その際、Tの音楽に促されるように「暗黒の宙空にかかっている」のを見た「幻の樹木」と同じように、しかし今度は、炎上して失われた「雨の木《レイン・ツリー》」の幻を、「僕」は自分が泳いでいるプールの水のなかにありありと見る、というかたちで蘇らせようとする。その幻影を大江健三郎は「暗喩《メタファー》」とも呼んで、「生きたまま焼かれた樹木」を、「僕」はプールの水のなかに幻影として見ようと専心し、そのことじたいを「再生」とまで呼ぶのだ。つまりその意味で、これは「暗喩《メタファー》」の「再生」という物語的な企てになっている。

しかし「僕」は、小説の最終章「泳ぐ男——水のなかの「雨の木《レイン・ツリー》」」で、そのように「雨の木《レイン・ツリー》」の幻影＝暗喩《メタファー》を見ようと試みることなど、物語的な予定調和になると判断し、自らの企てを放棄する。正確にいえば、企ての放棄もまた大江的な物語の企てのうちにあって、要は最終章で、炎上して失われた樹木の「再生」などあり得ない、と「僕」が企てに否定的な判断をする。村上春樹の主人公がプールで見る「幻影」には、そのような大江健三郎の幻影＝暗喩《メタファー》の場面に対する応答の姿勢を認めることができるのだ。そのもとになる個所を、「泳ぐ男——水のなかの「雨の木《レイン・ツリー》」」から引用しよう。

僕はこの「雨の木《レイン・ツリー》」長篇の草稿を書きはじめるしばらく前から、毎日のようにプールへ出かけるようになっていた。そこで僕は「雨の木《レイン・ツリー》」長篇の舞台にプールを選び、現実の僕にいかにも似かよっている、文筆が職業の中年男「僕」が、生き延びるための手がかりとして、「雨の木《レイン・ツリー》」という暗喩《メタファー》を追いもとめる過程を書く、その構想をたてたのであった。

暗喩《メタファー》の源となった「雨の木《レイン・ツリー》」は、すでに地上から失われている。「雨の木《レイン・ツリー》」の無残な炎上については、『さかさまに立つ「雨の木《レイン・ツリー》」』に書いた。「僕」はその失われた樹木を、「雨の木《レイン・ツリー》」長篇をつうじて探しもとめる。そしてついに「雨の木《レイン・ツリー》」の暗喩《メタファー》の再生を確認する。濃淡の網目のような、波だちの影が映るプールの底に、大きな「雨の木《レイン・ツリー》」の全体をくっきりと見て、「僕」がそのこまかな葉叢《はむら》をぬいながら泳ぎつづけるシーンで終る構想であった。

〔…〕そのうち僕は、プールに出かける前の二、三時間は毎日その草稿を書くことにあててきた「雨の木《レイン・ツリー》」長篇の、これまでにたまった草稿を読みかえすことにしたのである。〔…〕いったん読みおわり三日ほど空白を置いて、あらためてはじめから読みかえし、僕は思い立って草稿の大半を廃棄することにした。

この草稿のつづきとしていつまで書きつづけても、主人公の「僕」がプールの水底に雨の木《レイン・ツリー》」の再生を見ることはないと納得されたから。僕はいまも毎日のようにプールに通って、やすみなくクロールで泳ぎつづけながら、暗喩《メタファー》としてであれ、失われた「雨の木《レイン・ツリー》」を再び見出す日がいつくるものか、見当もつかない。それでいてどうしてこの草稿を書きつづけてゆけば、「雨の木《レイン・ツリー》」の再生を書く終章にいたることができると、思いこんでいたのだろう？　なぜ僕はそのように、アクチュアルなものでなくフィクショナルなものによって、現実の自分を励ます力が保障されるはずだと、憐れな空頼みをしたのだろう？　ことの勢いとして小説は終章にいたるにはちがいないが、そこにはにせの「雨の木《レイン・ツリー》」が現出するのみのはずではないか？　そのようでは、現実の僕自身、精根つくして泳ぎに泳いだにしても、それをつうじて、病んでいる自分を越える、真の経験をかちとることはありえないだろう……

この失われた「雨の木《レイン・ツリー》」をヴィジョン（幻影）として蘇らせることは、「「雨の木《レイン・ツリー》」」の暗喩《メタファー》の再生を確認する」ということでもあるが、その「再生」を大江健三郎は、「濃淡の網目のような、波だちの影が映るプールの底に、大きな「雨の木《レイン・ツリー》」の全体をくっきりと見て、「僕」がそのこまかな葉《は》叢《むら》をぬいながら泳ぎつづけるシーン」として構想する。炎に包まれて失われた樹木をプールの水のなかに幻影＝暗喩として蘇らせることは、火で破壊されたものを水で癒し回復するというイメージの連繋からも受け入れやすいのだが、その「雨の木《レイン・ツリー》」のヴィジョンによる「再生」を、大江健三郎は最終的に「僕」に拒否させる。その判断理由が、幻影の「再生」など結局のところ「フィクショナル」なものにすぎないから、というのだ。たとえ小説のなかで「雨の木《レイン・ツリー》」のヴィジョンを「現出」させたとしても、それは「アクチュアル」なものではなく、「にせ」ものにほかならず、「真の経験」とはなり得ない、と「僕」は考える。この「僕」の判断には、妙にこれまでの日本の小説を支えてきたリアリズム観に通ずるものが反映されているように思われてならない。失われた樹木の幻影、つまりはその代理物である暗喩《メタファー》を「フィクショナル」だと退ける見方が、従来の日本の小説を支配してきた思考＝志向に重なるのだ。わかりやすくいえば、「フィクショナル」なものよりも「アクチュアル」なものを重んじる小説観と言い換えてもよい。

だが、「僕」にそう判断させるとき、同時に大江健三郎の矛盾があらわとなる。というのも、たとえ小説家が作品の外で「アクチュアル」なものに出会っていたとしても、「雨の木《レイン・ツリー》」じたいは小説のなかで紹介され、その物語に組み込まれて炎上までさせられている以上、「フィクショナル」なものと言わざるを得ず、さらには「雨の木《レイン・ツリー》」が失われると、今度はその暗喩《メタファー》の「再生」が問題にされるが、そのとき、幻影＝暗喩《メタファー》に対してもとの「雨の木《レイン・ツリー》」じたいがいつの間にか「アクチュアル」なものにされてしまうのだ。「アクチュアルなもの」への転化が巧妙になされている。しかも目立たないように。と同時に、その幻影＝暗喩《メタファー》は「フィクショナル」なものにされてしまい、それをいくら「再生」したとしても、結局、その企てじたい「フィクショナル」なものだと断罪されるのである。

しかしそもそも、「雨の木《レイン・ツリー》」は小説のなかでに出てくるもので、それが「アクチュアル」なものだとはどこにも示されていない。断るまでもないが、小説というフィクションの場にはエッセイなどのジャンルと違って、厳密に「アクチュアル」なものなど存在しない。エッセイで語られる「雨の木《レイン・ツリー》」ならば話は別だが、そうではない。そのような小説の樹木を、その幻影＝暗喩《メタファー》を介することで「アクチュアル」なものに仕立ててしまう点に、大江健三郎の矛盾(それは書く技術《うまさ》でもある)というか詐術(それが大江健三郎の小説をフィクションでありながら限りなく私小説的に見せてしまい、独自の領域を形成している)があらわとなるのである。

要は、こういうことだ。大江健三郎の「僕」が「泳ぐ男——水のなかの「雨の木《レイン・ツリー》」」のなかで、「フィクショナル」な方向ではなく「アクチュアル」な方向を選ぶのに対し、村上春樹は同じプールという舞台を小説に用意しながら、そこで主人公の「僕」に「幻影」を見させてしまう。つまり、大江健三郎の言葉で言えば、村上春樹は「フィクショナル」な方向を選ぶのだ。重要なのは、その方向が物語の上で「コミットメント」につながる点にほかならない。同じプールで泳ぐ場面を用意し、真逆のものを主人公に選ばせ、「コミットメント」に進ませることで、村上春樹は大江健三郎の批判に対する応答を行なっている。村上春樹は「フィクショナル」なものに物語的にコミットすることで、『ねじまき鳥クロニクル』の、具体的にはその第3部「鳥刺し男編」の物語を展開したのである。

このように見てくれれば、『ねじまき鳥クロニクル』の「僕」がプールで幻影を見ることじたい、大江健三郎の「僕」が拒否した「フィクショナル」なものを村上春樹が選択したことが明瞭になる。先ほどの引用の冒頭には、「十月の半ばの午後のことだが、区営プールでひとりで泳いでいるときに、僕は幻影のようなものを見た」とはっきり記されていたではないか。「そのプールではいつもバックグラウンド・ミュージックが流れているのだが〔…〕僕はそれを聴くともなく聴きながら二十五メートル・プールをゆっくりと何度も何度も往復していた」ときに、「僕は幻影を見たのだ。あるいは啓示のようなものを」というように。つまり村上春樹は、大江健三郎の斥けた「フィクショナル」なものに「幻影」を見ることで突き進むのだ。

「僕」はいま同時に二つの場所にいる

ではいったい「僕」は、プールで何を見るのか。それは「ふと気づくと僕は巨大な井戸の中にいた」というように、自分が井戸のなかにいるという状況である。泳いでいるはずの「区営プール」が物語のなかの「アクチュアル」だとすれば、「井戸の中」とは明らかに「フィクショナル」な場である。その状況を、「僕が泳いでいるのは区営プールではなく、その井戸の底だった。〔…〕まわりは深い闇に包まれ、ちょうど真上に丸く綺麗に切り取られた空が見えるだけだ」と小説家は記していたではないか。そして井戸の底にいる自分は、そこから太陽を眺めることになる。そこには、物語のなかですでに紹介されている間宮中尉の戦争中の神秘的な井戸体験が重ねられているが、その方向は、大江健三郎が進んだのとは真逆の「フィクショナル」な方向である。

その方向で、「僕」は「井戸の底」から「日蝕でありながら日蝕でないもの」を見る。「でもそれは正確な意味での日蝕ではない。〔…〕僕は眼を細めてそのあざの形の中に何かしら意味のようなものを読み取ろうと試みる。でもそれは形でありながら形ではなく、何かでありながら何でもない。その形をじっと見つめていると、僕は自分というものの存在にだんだん自信が持てなくなってくる」と記されるようなものだ。どうして「日蝕でありながら日蝕でないもの」という記述が重要かと言えば、その太陽の「あざ」のようなものを見つめることによって、その記述が「僕」に伝わり、「僕」自身、「自分というものの存在にだんだん自信が持てなくなってくる」からだ。そして小説家はその瞬間を待ち構えている。自らの存在に自信が持てなくなった「僕」は、いわば自らの存在の輪郭が太陽の「あざ」と同じように曖昧になり、その存在の曖昧さに呼応して「間違いなく僕はここにいる。ここは区営プールでありながら井戸の底であり」というように、自分のいる場所の輪郭を曖昧にし、「息苦しくなっ」た「僕」に「大きく胸に息を吸い込」ませ、「花の匂い」を感じ取らせる。「花の匂い」など、「区営プール」にも「井戸の底」にもないという意味で、まさに「フィクショナル」なものだ。しかしその匂いを「208号室の暗闇に漂っていたのと同じ匂いだ」と「僕」に気づかせることで、小説家は「井戸の底」をクミコのいた「あの奇妙な部屋」に変え、ついには「あの暗黒の部屋はクミコ自身が抱えていた暗闇の領域だった」というように、「僕」に認識させる。こうした体験から、「僕」はクミコを求める「コミットメント」に踏み出すのであり、それが語られる第3部で、この、自分のいまいる場所にいながら別の場所にも存在しうる「フィクショナル」な分裂体験が具体的に「壁抜け」として物語で重要な役割を果たすことになる。その意味で、村上春樹は、大江健三郎の進んだ方向とも、日本の多くの小説が身を置く状況とも異なる方向に歩みだしたのである。

そして、あえて言えば、村上春樹はここで、大きな賭けに直面している。正確には、この個所をふくむ数ページというべきだが、そこでこの小説家はリアリズムの極限に挑んでいるのだ。というのも、主人公の「僕」がいまいるのは「区営プール」でありながら、同時に「井戸の底」でもあるからだ。「もう一度確かめる。大丈夫、間違いない。間違いなく僕はここにいる。ここは区営プールでありながら井戸の底であり」と書かれている。「僕」がいまいる「ここ」が「区営プール」と「井戸の底」に分裂しているのだが、それが何を意味するかと言えば、リアリズムが成り立たないということだ。村上春樹の「僕」はいま同時に二つの場所にいることで、リアリズムの崩壊する地点に立っている。量子のような超ミクロの物質世界は視野の外に置くとして、われわれは同時に二つの場所に存在することはできない。区営プールにいながら、井戸の底にもいることなど、われわれの現実感覚が許さない。村上春樹はここで、いわばリアリズムの臨界点に逢着しているとも言える。

ではなぜ村上春樹はそれほどの危険まで冒して、不可能な事態を『ねじまき鳥クロニクル』のなかに招き入れるのか。ひと言でいえば、それは物語に「壁抜け」と呼ばれる有り得ない事態（まさに「フィクショナル」な事態だ）を用意するためである。「僕」は「区営プール」にいながら、「井戸の底」にもいる。そして「井戸の底」にいながら、じっさいにいま感じている「花の匂い」を通して、ホテルの「208号室」、さらにはクミコの抱える「暗闇の領域」にもいる。そうした不可能な事態を通して、「僕」が「壁抜け」と呼ばれる霊能を身につける必要が物語的にはあるからだ。この特殊な霊能を身につけることで、「僕」にはやがて、失われたクミコを探し求めるコミットメントに踏み出す覚悟ができる。

だから村上春樹は、『ねじまき鳥クロニクル』で大江健三郎の批判に答えてコミットメントを「フィクショナル」な方向で実践するとき、同時に、大江健三郎が小説で踏みとどまったリアリズムの臨界を超えてしまう、と言わねばならない。それはそれまでの日本の小説の風土（とりわけ純文学と呼ばれた風土）との決別を意味するが、一方で、その代償を、小説家は払わなければならないだろう。『ねじまき鳥クロニクル』以降、そのことが村上春樹の新たな課題となるだろうし、じっさいこの小説家はその問題に向き合いつづける。「地下鉄サリン事件」以降、いったいどのようにこの問題に村上春樹は向き合うのか、そのことを「地下鉄サリン事件」からの物語論として読み解いていくのが、本書にほかならない。少なくともいま言えるのは、村上春樹が『ねじまき鳥クロニクル』以降も「フィクショナル」な方向に、あえていえば、リアリズムが困難になる方向に突き進んだということだ。とはいえ、リアリズムを頭から無視するファンタジー小説を書いた、ということではない。リアリズムとのせめぎ合いの上で、フィクショナルな方向を選んでいる。その意味で、『ねじまき鳥クロニクル』とそのあとに書かれた『海辺のカフカ』のあいだにある「地下鉄サリン事件」をもとにしたインタビュー集『アンダーグラウンド』を読むことが、そのあとの物語を読むうえできわめて重要になる。

第2章

小説家の負い目

——麻原彰晃に負けた村上春樹

『アンダーグラウンド』に向かわせたもの

村上春樹には、「一種のイグザイル」と自ら呼ぶ時期がある。「故郷離脱」と作家自身が言い換えていて、文字どおり、日本を離れていた時期だ。一九八六年の秋に日本を出て、ギリシャ、イタリア、イギリスでの滞在を経て、プリンストン大学から客員研究員に呼ばれたことをきっかけに、四年ほどアメリカに滞在する合計「七年か八年のあいだ」にほかならない。この「イグザイル」を終えて村上春樹が帰国するのは一九九五年の五月であり、その直前に立てつづけに「阪神・淡路大震災」（九五年一月）と「地下鉄サリン事件」（九五年三月）が起こっている。本人は、「そのイグザイルの最後の二年ばかりのあいだ、私は自分がかなり切実に「日本という国」について知りたがっていることを、いささかの驚きとともに発見した」と述べていて、それもまたウソではないと思われる。そして帰国後初めての大きな仕事が「地下鉄サリン事件」の被害者やその家族にインタビューした『アンダーグラウンド』（一九九七年）として上梓されている。

わたしはずっと、村上春樹を『アンダーグラウンド』に向かわせた動機は何だろうと考えてきた。表向きは、本人の言うとおり、長年にわたる「イグザイル」を経て、「日本という国」について知りたいという気持が高まったからだろうとは思う。インタビューを通じて、じっさいに何が起こったかに向き合えば、かなり特殊な角度からではあるが、「日本という国」についてアプローチすることができる。あるいは、大江健三郎に「戦後文学者たちの能動的な姿勢をとらぬという覚悟からなりたってい」ると批判されたことにも、関係しているかもしれない。もっとも、すでに見たように、村上春樹はこの批判に『ねじまき鳥クロニクル』を書いて応えている。しかしわたしにはどうしても、そうした理由だけがこの小説家を『アンダーグラウンド』に向けて突き動かした動機には思われなかった。

『アンダーグラウンド』をはさんで、特に長篇小説が変わったと感じられること、そして『アンダーグラウンド』が小説家としての負い目の表明になっていること。そのふたつが関連し合っているのではないかと思い至ったとき、この小説家を突き動かした別の動機が見えたように思ったのである。『アンダーグラウンド』の巻末に付された「目じるしのない悪夢」をていねいに読むと、そのいとぐちが記されている。

荒唐無稽な物語vsまっとうな力を持つ物語

村上春樹はこのインタビューを終えたあとでも、オウム真理教と地下鉄サリン事件が「私たちの社会に与えた大きな衝撃は、いまだに有効に分析されてはいないし、その意味と教訓はいまだにかたちを与えられていない」と言っている。事件後、各種マスコミを通じて関連の情報やニュースが大量に流され、氾濫していたにもかかわらず、村上春樹はそう判断している。その理由は、この事件をめぐって流される情報が「利用され尽くした言葉」、「手垢にまみれた言葉」でできているからだ。小説家が言うように、マスコミは「〈被害者＝無垢なるもの＝正義〉」対「〈加害者＝汚されたもの＝悪〉」といったわかりやすい構図を示したがるのだが、そこには、だれもが使い慣れた言葉しか用いられていない、とこの小説家は考える。そして、われわれがいま必要としているのは「新しい方向からやってきた言葉」であり、「それらの言葉で語られるまったく新しい物語（物語を浄化するための別の物語）なのだ」と語るのだ。

そのことで見逃すわけにいかないのは、求められる「まったく新しい物語」が「物語を浄化するための別の物語」と言い換えられている点だ。「物語を浄化するための別の物語」とはどういうことか。そこには二種類の「物語」がある。浄化されるべき物語と浄化をはたす物語だ。「目じるしのない悪夢」によれば、前者の物語とは、麻原彰晃が差し出す「ジャンクとしての物語」であり、「部外者から見ればまさに噴飯ものとしか言いようがない物語」ということになる。しかし村上春樹は、そうした麻原の「ジャンクとしての物語」を浄化し得る物語がわれわれの側にある、と言い切れないでいる。「目じるしのない悪夢」を読むと、その点について、小説家は懐疑的という以上に否定的ですらあるように見える。

実際の話、私たちの多くは麻原の差し出す荒唐無稽なジャンクの物語をあざ笑ったものだ。そのような物語を作り出した麻原をあざ笑い、そのような物語に惹かれていく信者たちをあざ笑った。

後味の悪い笑いではあるが、少なくとも笑い飛ばすことはできた。それはまあそれでいい。

しかしそれに対して、「こちら側」の私たちはいったいどんな有効な物語を持ち出すことができるだろう？　麻原の荒唐無稽な物語を放逐できるだけのまっとうな力を持つ物語を、サブカルチャーの領域であれ、メインカルチャーの領域であれ、私たちは果して手にしているだろうか？

麻原の荒唐無稽な物語を放逐できるだけの「力を持つ物語」を「私たちは果して手にしているだろうか？」という自問に、村上春樹はむしろ否定的な答えを持っているのではないか。小説家自身、この自問を受けるように、「私は小説家であり、ご存じのように小説家とは「物語」を職業的に語る人種である」と断わりながら、「だからその命題〔この自問を指す〕は、私にとっては大きいという以上のものである」と言い、「そのことについて私はこれからもずっと、真剣に切実に考え続けていかなくてはならない」と語っているからだ。麻原の差し出すジャンクの物語を放逐できるだけの、つまり浄化できる「まっとうな力を持つ物語」をわれわれは手にしていないのではないか、という小説家の忸怩《じくじ》たる思いとともに、そこには小説家ゆえの負い目のようなものが刻まれている。

村上春樹の負い目

小説家ゆえの負い目とは、踏み込んで言えば、麻原彰晃の用意したジャンクの物語に、自分の負けを認めるということでもある。同時代に、小説家は大勢いるのに、これほどはっきりと負い目を、自分の負けを表明した小説家は寡聞にして村上春樹のほかにわたしは知らない。「麻原の荒唐無稽な物語を放逐できるだけのまっとうな力を持つ物語を」、「私たちは果して手にしているだろうか?」という自問に、いや、手にしていない、と考える村上春樹は、その負い目の自覚によって、比喩的な意味で言葉を用いれば、同時代の小説家のいわば王位に就いたと言えるのではないか。「日じるしのない悪夢」とは、その意味で、小説家の重要なマニフェストになっている。

ではいったい、村上春樹によって自覚された負い目、つまり麻原彰晃に負けたという意識とはどういうものなのか。「麻原の差し出す荒唐無稽なジャンクの物語」に、村上春樹がそれまで書いてきた物語が負けたということでは、もちろんない。村上春樹の発言に感じられる負い目とは、誤解のないようにいえば、いわば麻原彰晃の発揮した〝小説家としての読み〟に対する負い目と言ってよい。言い換えれば、麻原彰晃は地下鉄サリン事件を引き起こす際に、この〝小説家としての読み〟を行使したのに、そのことに同時代の小説家で気づいたのが村上春樹ひとりだったということだ。〝小説家としての読み〟なのに、それはひとえに小説家だけが行使できる特権ではなかった。そのことに気づいた村上春樹は、おそらく愕然としたのではないかと想像される。だからこその負い目の表明であり、言うまでもなく、それは小説家ゆえの敗北感ということになる。

〝小説家としての読み〟

では、麻原彰晃が行使した〝小説家としての読み〟とはどのようなものか。それは「目じるしのない悪夢」で、次のような言葉で語られている。

> 一九九五年の一月と三月に起こった阪神大震災と地下鉄サリン事件は、日本の戦後の歴史を画する、きわめて重い意味を持つ二つの悲劇であった。「それらを通過する前とあととでは、日本人の意識のあり方が大きく違ってしまった」といっても言い過ぎではないくらいの大きな出来事である。それらはおそらく一対のカタストロフとして、私たちの精神史を語る上で無視することのできない大きな里程標として残ることだろう。

二ヵ月ほどのあいだをおいて起こった阪神大震災と地下鉄サリン事件を、「一対のカタストロフ」と見ること。それがまさに〝小説家としての読み〟にほかならない。だれが見ても、一方は「不可避な天災」であり、他方は「不可避とは言えない〈人災＝犯罪〉」である。村上春樹は、「「暴力」という共通項でひとつにくくってしまうことに無理があるのはもちろんよくわかっている」と言いながら、それでもその二つを「一対のカタストロフ」と見ることに固執する。そこに関連性を見抜いているからだが、はっきり言って、それは小説を作ることにかかわる関連性にほかならない。

ひとつの例で説明しよう。『１Ｑ８４』のＢＯＯＫ２で、チェーホフの格言をめぐって作中人物たちはこんな会話を交わす。

「チェーホフがこう言っている」とタマルもゆっくり立ち上がりながら言った。「物語の中に拳銃が出てきたら、それは発射されなくてはならない、と」

「どういう意味？」

タマルは青豆の正面に向き合うように立って言った。彼の方がほんの数センチだけ背が高かった。「物語の中に、必然性のない小道具は持ち出すなということだよ。もしそこに拳銃がでてくれば、それは話のどこかで発射される必要がある。無駄な装飾をそぎ落とした小説を書くことをチェーホフは好んだ」

（ＢＯＯＫ２・第１章）

「物語の中に拳銃が出てきたら、それは発射されなくてはならない」というチェーホフの言葉が、どうして「一対のカタストロフ」にかかわるのか。その言葉の真意を、小説的に「必然性」のあるものしか作品には出してはいけない、拳銃を小説に出したら、それを無駄なく発射させねばならない、とタマルは要約しているが、さらに、作中への拳銃の登場を一度目、発射が二度目の登場と考えるとき、つまり一種の反復とみなすとき、チェーホフの格言が「一対のカタストロフ」にかかわることが見えてくる。と同時に、一度目に起きた「不可避な天災」を「不可避とは言えない〈人災＝犯罪〉」として繰り返すことが、〝小説家としての読み〟にかかわっていることもまた見えてくる。地下鉄サリン事件を、二度目の阪神大震災と見なすこと。そのように麻原彰晃が考えたであろうことを、村上春樹は見抜いている。それが「一対のカタストロフ」という言い方に表れているし、そうした見方を〝小説家としての読み〟と呼んだのである。

「結果的なメタファー」

村上春樹は「目じるしのない悪夢」で、この麻原の〝小説家としての読み〟をもっと文学寄りの言葉で言い換えているが、それは小説を書くときの方法論につながるという意味で、きわめて重要である。「一対のカタストロフ」と記した一ページほど先に、こう変奏されている。

　それら（震災とサリン事件）は、考えようによっては、ひとつの強大な暴力の裏と表であるということもできるかもしれない。あるいはそのひとつを、もうひとつの結果的なメタファーであると捉えることだってできるかもしれない。

「一対のカタストロフ」を、村上春樹は「ひとつの強大な暴力の裏と表」と言い、さらには「結果的なメタファー」と言い換えている。そもそもメタファー（隠喩・暗喩）とはどういうものかと言えば、共通性を基盤にして、〈喩えられるもの〉を〈喩えるもの〉で置き換える修辞方法である。人の寿命を燃えているロウソクの火で示せば、ロウソクが人の寿命のメタファーとなる。本来、メタファーには時間差などふくまれないが、「結果的な」という語で、村上春樹はそこに時間差を導入する。「強大な暴力」という共通性をもとに、「阪神大震災」を〈喩えられるもの〉、「地下鉄サリン事件」を〈喩えるもの〉と見なすことで、そこに「結果的なメタファー」が成り立つ、と考えるのだ。だからそこに、修辞学でいう狭義のメタファー（隠喩・暗喩）を超えて〝小説家としての読み〟がふくまれる余地が生ずる。そのことがきわめて重要なのだ。というのもそのことによって、この「結果的なメタファー」という視点が、「地下鉄サリン事件」以降の村上春樹の物語構築の方法にかかわるようになるからである。

整理すると、村上春樹は、天災と人災＝犯罪という違いを超えて、「阪神大震災」と「地下鉄サリン事件」を「強大な暴力」という共通性をもった「結果的なメタファー」関係としてとらえている。当然、「地下鉄サリン事件」が「阪神大震災」の「結果的なメタファー」になる、ということだが、そこには、小説家としての視点が色濃く刻まれている。そして重要なのは、麻原彰晃もまた、たとえ「結果的なメタファー」という言葉を発していなくても、自らが引き起こすことになる犯罪を「阪神大震災」の結果的なメタファー（反復）と見なしていた、と村上春樹が考えていることだ。そう、「結果的なメタファー」をもっと簡単な言葉に移し替えれば、反復となる。そしてこの反復には、小説を作るときに必要になる視点と方法がふくまれていて、麻原彰晃がそれに気づいたことが村上春樹に小説家としての負い目を感じさせたと考えられるのだ。その負い目の根は、相当に深くにまで達している。小説家ではない麻原彰晃が〝小説家としての読み〟を無差別大量殺人事件として行使したことに対する、まさに小説家の責任感にまでとどいているからだ。その責任感を、他の小説家たちはだれも口にしなかった。わたしが、村上春樹は「同時代の小説家のいわば王位に就いた」と指摘したのはそのためである。

物語論としての反復

「地下鉄サリン事件」は「阪神大震災」の「結果的なメタファー」であるという視点には、因果関係が想定されている。一方を「結果的なメタファー」と見なすとき、他方は、言葉にされていなくとも、その原因にあたるからだ。「結果的なメタファー」にふくまれる時間差は、だから原因と結果の時間差と言い換えることができる。次の村上春樹の指摘には、原因と結果をむすぶその時間差がはっきりと刻まれている。

麻原彰晃は阪神大震災にインスパイアされて、今がまさに日本という国家の基盤を揺るがせるための、あるいはうまくいけばそれを転覆させるための、好機であると信じて(あるいはそういう妄想に駆られて)、地下鉄のサリンガス攻撃を企図した。そのふたつは間違いなく因果関係を有する出来事なのだ。

(『村上春樹全作品 1990-2000』第三巻「短篇集II」の「解題」)

麻原彰晃が「阪神大震災にインスパイアされ」て「地下鉄のサリンガス攻撃を企図した」とは、まさに「阪神大震災」の「結果的なメタファー」として「地下鉄サリン事件」が反復的に企てられたということだ。それを、村上春樹は「そのふたつは間違いなく因果関係を有する出来事」という言葉で表現している。この「因果関係」という言葉には、「阪神大震災」を原因とし、「地下鉄のサリンガス攻撃」をその結果と見なすということがふくまれる。そしてこの因果関係は、時間差をはさんで反復という姿をまとって現れる。この地点から振り返ると、すでに見た「一対のカタストロフ」という村上春樹の見方にも、因果関係で結ばれた反復が含意されていたことがわかる。

「地下鉄サリン事件」のうちに麻原彰晃の〝小説家としての読み〟を村上春樹が認め、この小説家がそれを負い目として受け止めた、とわたしは指摘したが、同時にそこには、小説における反復の秘密が垣間見える。いったい、それはどういうことか。結論から先に言えば、小説における反復とは、原因と結果という名指しを欠いた因果関係にほかならない。言い換えれば、物語のなかで、一度起こったことが反復されるとすれば、二度目に起きたことは一度目とは無関係ではなくなる、ということだ。同じことが反復されるとき、小説のフィールドでは、単なる偶然とは言い切れなくなる。現実の世界では偶然であるはずのものも、ひとたび小説のなかで反復して起こると、もはや偶然には見えなくなり、免れ得ないもの、逃れがたいもの、宿命的なものといった意味のバイアスが生じる。このバイアスを可能にしているのが、反復にふくまれる言葉にされない因果関係である。逆に言えば、そうした意味のバイアスが自ずとかかるのが小説空間なのだ。小説のなかで、同じことが反復されたのに、一度目と二度目の出来事を偶然として保つのは、逆にきわめて困難というほかない。

フロイトが「不気味なもの」のなかで次のような言葉で言っているのが、まさにこの意味のバイアスにあたる。

例えば、深い森の中で霧か何かに不意をつかれて道に迷い、目印のついた道やあるいは馴染みの道を見つけようとあらゆる手を尽くすにもかかわらず、ある決まった地形を特徴とする地点に繰返し立ち戻ってしまうような場合。もしくは、よく知らない暗い部屋の中で、扉や電灯のスイッチを探してうろうろするのに、何度も何度も同じ家具にぶつかってしまうといった場合である。もっともこうした状況も、マーク・トウェインの手にかかると、グロテスクに誇張され抗いがたく滑稽なものに変容してしまうのだが。

これとは異なる一連の体験からも、われわれは次の点を容易に見て取ることができる。つまり、意図せざる反復というこの契機のみが〔…〕どうということもないものを不気味にし、〔…〕単に「偶然だ」と語ってすまされるに過ぎない場合に、宿命的なもの、免れがたいものという想念を押しつけ

（「不気味なもの」・藤野寛訳・岩波版『フロイト全集17』所収）

てくるのである。

フロイトは「意図せざる反復」がなんでもないようなことを「不気味」にするし、「偶然だ」と言ってすむ程度のことを真逆の「宿命的なもの、免れがたいもの」に変えてしまう、と言っている。そしてそのように思わせてしまう原因として、この精神分析学者は反復脅迫というものを想定する。しかし小説は精神分析のフィールドとは異なる。だいいち、小説には「意図せざる反復」など存在しない。小説家が行使する反復は、基本的にどれも小説的な効果(意味のバイアス効果)が計算されている。だが小説家は、小説を構築するうえで、そうした意図を隠して、手のうちを明かさないのだ。結果、かたちの上では「意図せざる反復」のように読めてしまう。そして、「意図せざる反復」によって「不気味」な感じや「宿命的な」印象が生まれるように、小説においては、反復によって物語に必要な意味のバイアスが生じる。そうしたバイアスが、物語に、逃れがたさ、免れがたさといった意味の負荷をかけ、物語を意図する方向に向けたり、物語にある雰囲気をまとわせたりする。

麻原彰晃が表面的には「意図せざる」風を装いながら「阪神大震災」の反復として「地下鉄サリン事件」を企図したとき、そこから生まれる不気味さや免れがたさが計算されていたのだろう。少なくとも村上春樹には、麻原の口にしないその計算が分かったのだ。その計算をわたしは、麻原彰晃の行なった〝小説家としての読み〟と言ったのである。麻原彰晃は「地下鉄サリン事件」という繰り返された災厄(犯罪なのだが)により、社会に不気味さやある種の免れがたさが醸成され、蔓延されることをねらっていた。その先には、大いなる社会不安が想定され、突きつめれば、黙示録的な世界の到来さえ期待されていたのではないか。そのときこそ、宗教が、麻原彰晃を指導者として持つ教団の主張が人びとに浸透する余地が生ずる、という目論見があったのではないか。そしてその目論見は、反復によって、小説家が自らの物語構築で行なう意味の醸成(それを意味のバイアスと呼んだのだ)と基本的に変わらない。そこに、村上春樹の負い目が兆すことをすでに指摘したが、小説家として、当然それ以降、その負い目を晴らす方向で村上春樹は物語を紡ぐのではないか。それがわたしの読みである。そうした方向性から、「目じるしのない悪夢」以降、村上春樹はどのように小説を構築したのかを、とりわけ三つの長篇小説において見ていこうとするのが本論にほかならない。それは、負い目の晴らし方を見ることになると同時に、麻原彰晃が差し出す「荒唐無稽なジャンクの物語」を放逐できるだけの「まっとうな力を持つ物語」がどのように書かれたかを探ることにもなると思われる。

同一性vsメタファー

だがその前に、ひとつ指摘したいことがある。「地下鉄サリン事件」をはさんで書かれた長篇小説のあいだにある決定的な違いについてである。具体的には、『ねじまき鳥クロニクル』と『海辺のカフカ』以降の三つの長篇小説との差異であって、何が違うかと言えば、「地下鉄サリン事件」以前に書かれた『ねじまき鳥クロニクル』には、反復という技法が使われているものの、それが「結果的なメタファー」を形成していない、ということだ。正確に言えば、当初はその反復にさえ主人公はじゅうぶん気づかず、ようやく反復だと気づいて、それが「コミットメント」へと「僕」を動かすことになるのだが、それでもその反復は「結果的なメタファー」となってはいない。反復のあいだに、原因と結果という視点がないからだ。そこにあるのは因果関係に置かれているメタファー（隠喩・暗喩）を見抜く視線ではなく、単に反復のうちに同一性を認める視線である。もっとも、『ねじまき鳥クロニクル』で反復されるのは電話での「声」なので、それは同一性を認める聴覚と言わねばならない。つまり同一性は、いたずら電話のようにかかってきた知らない相手の声を、クミコの声だと認識することで成り立つのだが、その反復された声を「僕」はなかなか同一だとは気づかない。気づくのは、以下の引用にあるとおり、第2部の最終章にいたってである。

> そしてあの奇妙な電話の女――「あなたの中には何か致命的な死角があるのよ。」僕は反射的にあたりを見回す。〔…〕僕は息をひそめてそっと水の上に浮かびつづけている。〔…〕僕はもう一度目を閉じて、意識を集中する。〔…〕僕の心臓の音がどこか別の場所から聞こえてくるだけなのだ。あなたの中には何か致命的な死角があるのよ、と彼女は言った。
> そう、僕には何か致命的な死角がある。
> 僕は何かを見逃している。
> 彼女は僕が知っているはずの誰かなのだ。

それから何かがさっと裏返るみたいに、僕はすべてを理解する。〔…〕間違いない。あの女はクミコだったのだ。どうしてこれまでそれに気がつかなかったのだろう。僕は水の中で激しく頭を振った。考えればわかりきったことじゃないか。まったくわかりきったことだ。クミコはあの奇妙な部屋の中から僕に向けて、死に物狂いでそのたったひとつのメッセージを送りつづけていたのだ。「私の名前を見つけてちょうだい」と。

（第2部・18）

第2部の最後で、「僕」が区営プールの水に浮かびながら、「あなたの中には何か致命的な死角があるのよ」と自分に言った「あの奇妙な電話の女」が「クミコだったのだ」とようやく気づくのである。「あの奇妙な電話の女」とは、第1部の巻頭で鳴り響く電話に出たときの見知らぬ女である。「僕」がスパゲッティーをゆでているときにかかってきた電話で、その「知らない声」はやりとりをしたあと、唐突に「ねえ、あなたはいったい――」言いかけたところで聞こえなくなる。一方的に通話を切られたからだ。そしてそのあと「十一時半」ごろに妻のクミコから電話があり、仕事を探している「僕」に投稿詩の添削のアルバイトはどうか、とか、行方不明の愛猫探しはどんな具合か、といった具体的な話をする。それから「僕」は買い物に行き、帰ってくると、また電話が鳴り、出ると、例の「知らない声」が話しかけてくる。今度は「五、六分くらい」話につきあい、「僕」は「何も言わずに電話を切」る。「十分ばかりあとでまた電話が鳴った」が、「僕」はもう出ない。だから、この奇妙な女が繰り返し電話をかけてくることによって、反復が生じている。そしてその声がクミコのものだったと認識するとき、ようやく「僕」は声の反復に気づくことになる。

この反復を支えているのは、「あの奇妙な電話の女」がクミコだという同一性である。つまり、なんら「結果的なメタファー」にはかかわらない。同一性は、AをAだと認識することで成り立つのであり、メタファー的認識とは相容れない。メタファーじたいは、異なるものどうしの共通性・類似性をもとにしていて、そこから可能になる反復も、異なるものが同じ意味を担って繰り返される点にあるからだ。「阪神大震災」を「地下鉄サリン事件」が反復するときのように。そして、知らない声がクミコの声だったと気づく「僕」の認識には、このメタファー的な視点が徹底して欠けている。そこに、同じ反復というかたちをとっていても、『ねじまき鳥クロニクル』と「地下鉄サリン事件」以降の三つの長篇小説との決定的な違いがある。そしてその反復が三つの長篇小説では「結果的なメタファー」として生じているので、それが用いられる物語もまた「地下鉄サリン事件」以前とは異なる物語になっているだろうと予想される。当然、そのことは異なる物語構築の方法をもたらすだろう。そこに向けて、以降の章で考察の針を降ろしていこうと思う。

第3章 メタファー・ゲームとしての物語

母親の不在時に幼児は何を発明したか

村上春樹はメタファーに時間差を持ち込むことで、通常の表現方法よりメタファーを広くとらえたが、そのとき、メタファーは修辞表現を脱して小説を構築する方法へと転化したと言える。その転化を促すのが「結果的なメタファー」であり、そこから反復という視点が可能になる。そして反復から生じる意味のバイアスについて語ったが、「地下鉄サリン事件」に「結果的なメタファー」を読み取った村上春樹は、以降、長篇小説でその方法を積極的に用いている。しかも、自らも麻原彰晃の用いた〝小説家としての読み〟を使って、「荒唐無稽なジャンクの物語」を放逐し得る「まっとうな力を持つ物語」をつくろうとしているのだ。負い目の倍返し、とでも言ったらいいだろうか。村上春樹は、メタファーが成り立つ反復を『海辺のカフカ』、『1Q84』、『騎士団長殺し』で用いているが、それは彼が「地下鉄サリン事件」から小説家として受け止めたものにほかならない。このあと語るこの三つの長篇小説への橋渡しとして、具体的にどのようにメタファーとしての反復が物語の根幹部分で使われているかを見ておこうと思う。

そしてそれを語るとき、わたしにはどうしても参照しておきたい光景とその目撃譚がある。それは幼い子にとって、最愛の存在が自分の視界から消滅し、不在となる体験だが、その光景の目撃者は、精神分析の創始者・フロイト自身であり、幼い子とはその孫である。何度も目撃されたその光景は、『快原理の彼岸』において紹介される有名なエピソードでもあるが、言語をまだ完全には習得していない孫がその母親のいなくなるときに見せた遊び＝ゲームにかかわっている。

その子は一歳半でようやく少しばかり理解可能な言葉を話し〔…〕母に情愛を寄せて甘えていたにもかかわらず、母親が数時間放っておいても、決して泣くことはなかった。このようにけなげな子ではあったが、場合によっては困ったことになる癖を見せることがあった。自分の手にする小さな事物をすべて、部屋の隅やらベッドの下へと、遠くに放り投げるのである。そのため、その子のおもちゃを再び見つけ出して集めておくのは、しばしば、大仕事となった。放り投げる際、その子は楽しそうで満足げな表情を浮かべながら、長く引き伸ばされた「オーオーオーオ」という大きな音声を発した。この叫びは、その子の母と観察者であるわたしの一致した判断によれば、間投詞ではなく、「いない」を意味していた〔この音声は「いない」を意味するfortの省略形と解された〕。とうとうわたしは、これは遊びであって、子供は自分のおもちゃをみな、ただ「いない」ごっこをして遊ぶためだけに利用しているのだということに気がついた。そしてある日、この見解を確証してくれる観察を得た。子供は、縛りひもを巻きつけた木製の糸巻きをもっていた。彼は糸巻きを床に転がして引っぱって歩こう、つまり、車ごっこをしようとは思いもせず、ひもをもちながら、カヴァーをかけた自分の小さなベッドの方に、その縁ごしにたいそう巧みに投げ入れた。こうして糸巻きがベッドの中に姿を消すと、糸巻きに向かって、意味のあるあの「オーオーオーオ」を言い、それから、ひもを手繰って糸巻きをベッドから再び引きずり出した。ところが、糸巻きが現れると今度はうれしそうに「いた」といって歓迎したのである。このようにして、遊びは消滅と再来の遊びとなり、あるべきものがすべて出揃ったのであった。

（『快原理の彼岸』須藤訓任訳）

ここで観察された幼児の遊びは、フロイトによれば、最愛の母親の姿が見えないときに、その不在をなんとかしようと発明されたものであり、それを彼は「欲動断念」という言葉で説明している。だが、そのような精神分析的な解釈はどうでもよい。また、のちにラカンがこの光景を、記号をあつかう象徴性の観点から取り上げているが、そのときの主張を参照するつもりもない。この光景にまとわりついている一切の精神分析的な文脈の外で、純粋に、これまで論じてきた文脈の延長線上でこの光景に向き合うなら、ひもを巻きつけた糸巻きを、ベッドの縁ごしに投げ入れてその姿を見えなくすることじたい、子供の前から消えた母親の「結果的なメタファー」になっているということだ。二つの消滅の時間差に焦点をあてれば、糸巻きを視界から消すことは、姿を消した母親の反復にほかならない。小説的に考えるとき、反復がメタファーを可能にするとはそういうことだ。そのうえで、子供は、いずれ解消されるであろう母親の不在を遊びで先取りしている。この遊びの発明は、メタファーを介在させ、母親の不在という状況に対する能動的な（創造的な）働きかけとなっている。言い換えれば、母親の不在と糸巻きの消滅というメタファー関係をもとに、子供は母親の帰還（再出現）を願って自ら糸巻きの再出現（帰還）という遊びをつくりだしたのだ。そして村上春樹は「結果的なメタファー」をもとに、失われたもの、奪われたものを取り返そうとするかのように、メタファーを介在させて帰還（再出現）の物語を、とりわけ「地下鉄サリン事件」後の長篇小説（具体的には『海辺のカフカ』、『1Q84』、『騎士団長殺し』）において紡いでいる。あたかも、「地下鉄サリン事件」で社会から奪われ失われたものの奪還を物語で果たそうとするかのように。

『海辺のカフカ』 母親の消滅あるいは佐伯さんの出現

いったい、村上春樹はどのようにして物語（遊び）を発明するのか、と言えば、まさにフロイトの観察した光景をなぞるかのように、最愛の存在の消滅という光景を用意する。『海辺のカフカ』では、幼かった主人公のもとから母親がとつぜん姿を消す。『1Q84』では、主人公の一人である天吾が幼子だったとき、ごく短い映像記憶だけを残し母親は行方知れずとなるのだが、その映像記憶が母親の不在のまるで代償のように一つの情景として天吾に残される。そして『騎士団長殺し』においては、主人公の「私」のもとを最愛の存在である妻のユズが去る。もっとも、ともに暮らしていたマンションを出て行ったのは「私」のほうだが、「私」の視界から最愛の存在が姿を消したことに変わりはない。

それでは、『海辺のカフカ』に用意された光景を見てみよう。それは、43章で「僕」（田村カフカ）が身を潜めていた高知の山奥から自らの意志でさらに深い方へと迷い込む途中で思い出す光景である。

母親が姉をつれてそこから去っていった日のことを僕ははっきり覚えている。僕はひとりで縁側に座って庭を見ている。初夏の夕暮れで、樹木の影が長くのびている。家の中には僕しかいない。どうしてかはわからないけれど、自分がすでに捨てられ、そこにひとりで残されたことを僕は知っている。このできごとがこのさき深く決定的な影響を自分に与えていくだろうことがわかっている。誰が教えてくれたわけでもない。僕にはただわかっていたのだ。家の中は見捨てられた辺境の監視所みたいにがらんとして人けがない。日が西にかたむき、いろんな物体の影が世界をじわじわと包んでいくのを、僕は見つめている。時間のある世界では、なにものもあと戻りすることはない。影の触手が新しい地面をひと目盛、またひと目盛と浸食し、さっきまでそこにあった母の顔も、やがてその暗い冷ややかな領域に呑みこまれていく。その顔は固くそむけられたものとして、僕の記憶から自動的に奪いとられ、消し去られていく。

（下巻・43章）

自分の前から母親が姉を連れて去り、「僕」は「捨てられ」、「ひとりで残され」たと認識している。フロイトの観察した光景の幼児なら、このあと母親＝糸巻きというメタファーを用いて、消えた糸巻きの再出現という遊びを発明するが、いったい「僕」はどうするのか。つまり、同じようにメタファー・ゲームを生み出すのか。

結論から言えば、村上春樹はメタファー・ゲームを物語として作り上げる。そして自らまず用意するのは、当然、メタファーである。家出してきた「僕」が住み込むことになる高松の私設図書館の館長・佐伯さんを、小説家は、「僕」の母親のメタファーとして差し出す。小説家が発明するゲーム＝物語には、母親＝佐伯さんというメタファー関係が使われるのだ。「僕」がその思いを佐伯さんに伝えると、彼女は「その仮説の中では、私はあなたのお母さんなのね」(31章)と応じている。そして、このメタファー関係を支えるように、小説家は「僕」と佐伯さんの何気ない会話にひとつの情報をそっとしのばせている。佐伯さんはそれまでの会話の内容からはずれて、唐突に、「ふと今思い出したんだけど、私は昔、雷についての本を書いたことがあるの」(25章)と切り出し、「落雷に打たれてたすかった人を探して、全国をインタビューして歩いたのよ」と「僕」に告げるのだ。思わず佐伯さんの口をついて出た過去の一断片だが、そのことがきっかけとなり、「僕」は自分の父親が若いころ「たまたま雨宿りしていた木に雷が落ち」て、「軽いやけどを負い、髪が焼け、ショックではじき飛ばされたときに石に強く顔をぶっつけて失神した」ことを思い出す。佐伯さんがインタビューしたなかに父親が入っているかは曖昧にしたまま、小説家はこの落雷という共通点を支えに、「僕」に佐伯さん＝母親という思いを強く抱かせるのだが、この思い(仮説と言われる)こそがメタファー関係の基盤になっている。

そこまで準備した村上春樹は、このメタファー関係を用いて、フロイトの観察した幼児のように、ひとつの物語(遊び)をこしらえる。それはどんな物語かといえば、佐伯さん＝母親のメタファーが成り立つとき、そこにはすでに佐伯さんという母親の再出現(帰還)が刻まれていて、つまり「僕」が佐伯さんは母親かもしれないという仮説を思いつくとき、佐伯さんはメタファーながら母親として「僕」のまえに帰還するという物語である。そして村上春樹は、このメタファー関係をいわば宙づりにしたまま最後まで維持する。宙づりとは、佐伯さんが母親だという同定をしない、ということだ。佐伯さんが母親だと同定されてしまったとたん、メタファー関係は崩れ、そこには同一人物という結果しか残らない。また、佐伯さんが決定的に「僕」の母親ではない、とも小説家は告げない。そう告げたとたん、やはりメタファー関係は崩れてしまい、単なる別人ということになるからだ。物語の要諦として、こうして結ばれたメタファー関係は、どちらとも言えないかたちで宙づり状態のまま維持される必要がある(メタファー関係を持ち込んだ点で、打ち負かした敵の王妃が自らの母親だと同定されるオイディプスの悲劇と『海辺のカフカ』は決定的に異なる)。メタファー関係が成り立っているかぎり、「僕」にとって、母親の消滅(不在)は佐伯さんの再出現(帰還)というかたちでつづき、最愛の存在の消滅と再出現の遊戯＝ゲームを小説家は物語として維持できるのである。

『1Q84』死んだ母親をどう再出現させるのか

では、『1Q84』はどうなのかと言えば、この長篇小説にも村上春樹は母親の不在の光景を用意する。小説家はまたしても幼児のまえから母親を消滅させている。主人公・天吾がごく幼いとき、母親は姿を消している。だから天吾はその姿を日常的に見たことがない。残っているのは「十秒間ほど」の映像記憶だけだ。しかしそれはきわめて短いものなのに、「鮮明な映像」として強烈に、しかもなんの前触れもなく天吾に襲いかかってくる。「無音の津波のように圧倒的に押し寄せてくる」と形容されるその映像に見舞われると、天吾は「身体のいたるところから汗がふきだして」きて、「シャツの脇の下が湿ってい」き、「全身が細かく震え始める」。「鼓動が速く、大きくなる」ともあって、まさに発作に襲われたような状態になる。それは、天吾について語られる最初の章のさらに冒頭で紹介されることからもわかるように、この男をまっさきに規定するほど重要な記憶にほかならない。

天吾の最初の記憶は一歳半のときのものだ。彼の母親はブラウスを脱ぎ、白いスリップの肩紐をはずし、父親ではない男に乳首を吸わせていた。ベビーベッドには一人の赤ん坊がいて、それはおそらく天吾だった。彼は自分を第三者として眺めている。あるいはそれは彼の双子の兄弟なのだろうか？　いや、そうじゃない。そこにいるのはたぶん一歳半の天吾自身だ。彼には直感的にそれがわかる。赤ん坊は目を閉じ、小さな寝息をたてて眠っていた。それが天吾にとっての人生の最初の記憶だ。その十秒間ほどの情景が、鮮明に意識の壁に焼き付けられている。前もなく後ろもない。大きな洪水に見舞われた街の尖塔のように、その記憶はただひとつ孤立し、濁った水面に頭を突き出している。

（BOOK1・第2章）

この映像記憶だけを残して、母親は幼児のまえから姿を消している。BOOK3になってから、探偵もどきの牛河という存在によって、母親は男と出奔した先の旅館で殺されたことが読者には伝えられるが、天吾にはとっては、母親は理由もなく姿を消したままだ。要するに、村上春樹は『1Q84』においても、母親の消滅(不在)という光景を冒頭から用意している。そしてメタファー関係も。ではいったい、どのように小説家は天吾にこの失われた母親のメタファーをこしらえるのか。『海辺のカフカ』の「僕」にとっての佐伯さんのような存在を、である。

小説家がメタファー・ゲームを発明するなら、まず母親のメタファーを差し出さねばならない。消滅した母親の代わりに、そのメタファーが帰還(再出現)しなければならないからだ。結論から言えば、村上春樹はひとりの女性を登場させる。だがそれは、母親に近い年齢の女性ではない。天吾が十歳のとき、小学校の放課後のだれもいない教室でいきなり彼の「手を握り締め」てきた青豆という名の少女である。「大丈夫、あなたにには私がいる、とその手は告げていた」(BOOK2・第18章)と小説家が傍点で強調するほどの握り方を、青豆は天吾に対してするのだ。そしてわれわれの文脈からこの「あなたにには私がいる」を補えば、母親のいない孤独な天吾には自分がいる、ということだ。年齢が違っていても母親に代わりうる、とその手は告げているのだ。しかもこの点が重要なのだが、青豆自身、特別な握手をしたのち、天吾の母親と同じように、彼のまえから姿を消してしまう。転校したからだ。以来、天吾は青豆に再会したいと願いながら、それが果たせないでいる。つまり、ともに天吾のまえから姿を消しているという共通点が、天吾の母親と青豆のあいだにメタファー関係を成り立たせているのだ。

そしてこのメタファー関係をもとに、小説家はどんなゲーム(物語)を着想するかといえば、青豆の再出現(帰還)によって母親の帰還の代理をさせるのである。そもそも、殺された母親自身は帰還しようがない。その代わりに、村上春樹は母親とメタファー関係を結んだ青豆を天吾のまえに再出現(帰還)させるのだ。しかもそのとき青豆は、性交を伴わないのに妊娠している。それも理屈を超えて天吾の子だと確信しているのだが、つまり青豆は天吾のまえに姿を現すとき母親そのものになっているということだ。それが『1Q84』の物語であって、ここでも、母親の不在(消滅)がメタファー・ゲームをはぐくみ、メタファーとしての青豆の再出現によって母親の帰還を意味しようとしている。こうして最愛の存在の消滅と再現というゲーム(物語)がメタファー関係を利用して、『1Q84』でもまた展開されている。

『騎士団長殺し』 少女の再出現と妻の帰還

ではいったい、小説家は『騎士団長殺し』ではどのような光景を用意するのだろうか。そこでは、最愛の存在は主人公「私」の母親ではない。物語のはじまる当初は「私」と暮らしていた妻のユズである。そして「私」にとって最愛の存在の消滅は、離婚の申し出をきっかけにした妻との別居というかたちをとっている。『騎士団長殺し』の物語は、「私」の自動車による放浪旅からはじまるのだが、それは、離婚を切り出された「私」がマンションを出ていく最初のアクションになる。ともあれ、『騎士団長殺し』でも、物語の冒頭に最愛の存在の消滅が据えられている。「私」が妻のもとから出て行くとしても、最愛の存在が「私」の目の前から消えることに変わりはない。

「とても悪いと思うけど、あなたと一緒に暮らすことはこれ以上できそうにない」、妻は静かな声でそう切り出した。そしてそのまま長いあいだ押し黙っていた。

それはまったく出し抜けの、予想もしなかった通告だった。急にそんなことを言われて、口にするべき言葉をみつけられないまま、私は話の続きを待った。〔…〕

我々は台所のテーブルを挟んで座っていた。三月半ばの日曜日の午後だった。〔…〕

妻は言った。「なるべく早く離婚の手続きを進めるから、できたらそれに応じてほしいの。勝手なことを言うみたいだけど」

私は雨降りを眺めるのをやめて、彼女の顔を見た。そしてあらためて思った。六年間同じ屋根の下で暮らしていても、私はこの女のことをほとんど何も理解していなかったんだと。人が毎晩のように空の月を見上げていても、月のことなんて何ひとつ理解していないのと同じように。

「ひとつだけ君に頼みがあるんだ」と私は切り出した。「その頼みさえ聞いてくれたら、あとは君の好きなようにしていい。離婚届にも黙って判を捺すよ」

「どんな頼み？」

「ぼくがここを出ていく。それも今日のうちに。君にはあとに残ってもらいたい」

（第1部・2）

こうして「私」は車でひとり北への旅をはじめる。そして「その年の五月から」、「私」は大学時代からの友人の父親が所有する空き家に住みはじめる。それは小田原に近い「狭い谷間の入り口近くの山の上に」ある、画家のアトリエを兼ねた住居である。ともあれ、こうして「私」の目の前から最愛の存在は姿を消す。そして『騎士団長殺し』でもまた、村上春樹はメタファー・ゲームを用意することで物語を動かしている。その一歩として、小説家は「私」のまえから不在になった妻ユズに対しメタファーを用意する。それは、秋川まりえという少女である。「私」が講師をしている絵画教室に通っている高校生で、その肖像画を描くようにもなった関係で、保護者のその叔母からある夜、「もう十時半ですが、この時刻になってもまだ帰宅していません」と電話で告げられる。「私」は、「今日の夕方教室に入って、まりえさんの姿が見えなかったので、あれっと思ったくらいです」と答えるのだが、秋川まりえが妻ユズとのあいだに結ぶメタファー関係を支える共通点こそ、この、主人公の視界から姿を消すということにほかならない。妻のユズと秋川まりえは、外見が似ているわけでも年齢が近いわけでもないが、ともに視界から消滅する存在としてメタファー関係に置かれるのだ。

そして村上春樹は、このメタファー関係をもとに物語（ゲーム）を用意する。では、それはどのようにしてなのか。『騎士団長殺し』は、秋川まりえの不在（失踪）を解決するために「私」にある動きをさせ、そのことによって少女を「私」のまえに再出現（帰還）させる。そのプロセスもまたメタファーに充ち溢れた物語を形づくっている（それは各論で詳述する）のだが、少女が再出現するとき、彼女とメタファー関係にある妻のユズはいったいどうなるのか。メタファー・ゲームが成り立っているとすれば、秋川まりえの再出現はメタファー関係にある妻ユズにまで波及するはずである。それがこのゲームの規則だが、はたして『騎士団長殺し』では、少女の再出現は妻の帰還（別居の解消）を促している。少女が帰還した結果、「私」は妻との別居（「正式な離婚届に署名捺印もした」のだが、妻は手続きを取らなかった）を解消する。そうして「私」の最愛の存在は再出現を果たすのだが、これまた別居期間に妻は妊娠していて（奇妙なことに、妻は恋人との子ではないと断言する）、つまり帰還する最愛の存在はこうして母親という姿になってもどってくるのだ。

彼女はとても長いあいだ私の顔を見ていた。しばらく離れていた懐かしい風景を久しぶりに目にしているみたいに。それから手を伸ばして、テーブルの上にあった私の手にそっと重ねた。

「できれば、もう一度あなたとやり直してみたいと思う」とユズは言った。「実はそのことはずっと考えていた」

「ぼくもそれを考えていた」と私は言った。

「それでうまくいくかどうか、私にはよくわからないけれど」

「ぼくにもよくわからない。でも試してみる価値はある」

「私は近いうちに父親のはっきりしない子供を産み、その子を育てていくことになる。それでもかまわないの？」

「ぼくはかまわない」と私は言った。(第2部・63)

まさに母親の帰還(再出現)にほかならない。まぎれもなく『騎士団長殺し』では、最愛の存在の不在と再出現をめぐるゲームによって、物語が発明され、創造されている。「阪神大震災」の「結果的なメタファー」としての「地下鉄サリン事件」という反復は、母親の不在と帰還をそのメタファーである糸巻きの消滅と再出現で示す遊戯を介在させることで、このように具体的に物語の構築に用いられていることが焦点化される。

メタファー関係から生まれる力

ここで、メタファー関係が物語の生成にもたらすベクトルというか力について簡単に触れておく。それは、メタファー関係が成り立つからこその力の発生であり、物語を動かすことのできる力と言ってもよい。フロイトが目撃した光景を例にとれば、幼児がベッドの縁の向こうに放り投げて見えなくした(消失させた)糸巻きを、そこに巻きついている紐を引くことで引っぱり出す(つまり、糸巻きを再出現させる)とき、いったい何が見えてくるのか、ということだ。母親と糸巻きのあいだにメタファー関係が成り立っていれば、幼児の発明した遊びには、願望のベクトルが託されていると言える。願望のベクトルとは、いうまでもなく、糸巻きの出現に見立てられた母親の出現(帰還)にほかならない。この願望のベクトルが、メタファー関係から発生す力である。『騎士団長殺し』でいえば、秋川まりえの再出現がメタファー関係を通してユズの帰還(別居の解消)を促したように、『1Q84』で言えば、天吾の失われた母親がメタファー関係を介して青豆の再出現として帰還したように、そして『海辺のカフカ』で見れば、失踪した主人公の母親がメタファーを結んだ佐伯さんとして姿を見せるように、消滅状態にあった糸巻きを再出現させることが、メタファー関係をもとに、幼児の母親の再出現(不在の解消)への働きかけになっている、ということだ。

繰り返すが、この働きかけを、幼児による願望のベクトルと言ったのであり、そうした働きかけこそがメタファー関係によって生じるベクトルであり、力にほかならない。そしてメタファー関係が反復をふくむという意味で、その力は反復から生じる意味のバイアスと同じだとも言える。

われわれにとって重要なのは、村上春樹がそうした力を物語の生成に利用していることだ。その力は、メタファー関係をもとに発生するモーメントのように働く。その力を物語の望む方向に用いるとき、それは小説的なモーメントとなる。そこには、修辞学でのメタファーと異なり、時間差がはらまれている。そのことを、村上春樹は「結果的な、メタファー」という言い方で表現したのだが、そうした小説的なモーメントが時間差をともない働くとき、すでに指摘したように、それは反復というかたちをとる。糸巻きの再出現が、願望的ベクトルとしての母親の再出現(帰還)によって反復されるように。そしてこのモーメントの発見じたいが、逆に、「阪神大震災」の反復としての「地下鉄サリン事件」を小説家が物語論的に見ていたことを明らかにしてもくれる。

ところで、幼児が糸巻きの遊戯に託した願望や期待を読み取ることは解釈の自由のうちにあるが、その願望や期待は、小説をつくる視点から見れば、メタファー関係から生じる意味のモーメントにあたり、物語を動かすときのきわめて有効な道具になる。そして、麻原彰晃の引き起こした「地下鉄サリン事件」のうちに「結果的なメタファー」を読み取った村上春樹は、それ以降の長篇小説で、この道具を有効利用する。しかも、フロイトの報告した光景までを真似するかのように（それを参照したなどという実証的なことを言っているのではない）、どの小説でも最愛の存在（多くは母親である）の消滅と再出現にかかわる物語（メタファー・ゲーム）を小説家は差し出している。最愛の存在の消滅によってこうむったダメージを、隠喩的な反復を用いて最愛の存在の再出現につなげることで、村上春樹は癒そうとしている。そう考えると、麻原彰晃の思いついた「荒唐無稽なジャンクの物語」である「地下鉄サリン事件」を放逐し得る「まっとうな力を持つ物語」の創造の試みとして、事件後の長篇小説を眺めることができる。そのとき、「結果的なメタファー」から可能になる物語論もまた姿を現すだろう。以下の章は、その姿の具体的な分析と報告である。

第4章

華やぐメタファー

――『海辺のカフカ』を読む❶

はじめに

『海辺のカフカ』は、巻頭と巻末手前に差しはさまれる「カラスと呼ばれる少年」という短い章を除けば、奇数章と偶数章で二つの物語が別々に進んでいき、最終的にその二つは大きな接点を持つにいたる。奇数章に出てくる佐伯さんと偶数章の主人公とも言うべきナカタさんが、巻末近く(40章、42章)で顔を合わせることで、奇数章と偶数章が接合される。もっとも、途中、小さな接点も生じている。それは、21章冒頭で新聞記事として差し出される刺殺事件にほかならない。「彫刻家、田村浩一氏刺殺される」という太字で強調された見出しまで掲げられているが、この田村浩一氏こそ、奇数章の主人公・田村カフカの父親であり、この男を仕方なく刺殺したのが偶数章の主人公・ナカタさんである。ただし、『海辺のカフカ』を最後まで読んでも、主人公どうしの交流は生じていない。基本的に、奇数章と偶数章をつなぐのは、大きな接点と呼んだ佐伯さんとナカタさんの出会いしかない。そして偶数章では、知恵遅れぎみだが猫と話ができるといった異能を持っているナカタさんの状況を理解しやすくするために、遡及的に彼の少年時代が物語られている。それでも、偶数章全体から見れば、物語の大半を占めているのはナカタさんの西への移動であり、他方、奇数章の物語の中心には、カフカ少年の家出が据えられている。それはまるで、父親から吹き込まれた呪いのような言葉から逃れるための逃避行とも言えるが、結果的に、カフカ少年が逃避した先にナカタさんは向かうことになる。

「世界の万物はメタファーだ」隠喩の出現

奇数章で目を引くのは、ゲーテにちなむと言われる「世界の万物はメタファーだ」という言葉が異なる場所で発せられることだ。それも、三度も。しかも、この言葉は奇数章の物語構造にかかわっているのだが、いったいどのようにかかわっているのか。

この言葉が最初に発せられるのは、13章の冒頭近くである。物語の流れでいえば、主人公・田村カフカ（ときどき「僕」と名乗る）がひとり東京の家を出て、四国・高松に行き、その地にある甲村記念図書館をたまたま訪ね、受付にいた大島さんから、「でも人間はなにかに自分を付着させて生きていくものだよ」、「そうしないわけにはいかないんだ。君だって知らず知らずそうしているはずだ。ゲーテが言っているように、世界の万物はメタファーだ」と指摘されるときにほかならない。

「僕」（田村カフカ）は、手に取って読んでいた夏目漱石の『抗夫』という作品をめぐって、大島さんから「君は自分をある程度その『抗夫』の主人公にかさねているわけかな?」と訊かれ、たしかに家を飛び出した『坑夫』の主人公と家出したカフカ少年のあいだには類似点があるものの、「そういうわけじゃありません」と答える。その直後に、大島さんが「世界の万物はメタファーだ」という言葉を発するのだ。良家の子息と思われる主人公がひとり家を出る、という共通点を前提にしながら、小説家は『抗夫』の主人公を「僕」に重ねる問いを大島さんに言わせるのだが、このとき、「僕」は『抗夫』の主人公の「結果的なメタファー」になっている。つまり、大島さんの問いはメタファー構造にかかわっている。「僕」はそのことについて考えてみるが、その話題はそれ以上展開されることなく、すぐに他の話題に取って代わられる。

そして『海辺のカフカ』の最終章・49章で、この言葉は「世界はメタファーだ、田村カフカくん」とわずかに形を変えて、ふたたび大島さんによって繰り返される。この大島さんの発言が重要なのは、物語の大団円で、これまで語られたものを受けとめるように繰り返されるからだ。ではいったい何を受け止めているのか、と言えば、二度目に発せられた同じ言葉である。じつは、二度目に発せられた言葉にもっとも本質的な意味が次のように託されている。

> 「場合によっては、救いがないということもある。しかしながらアイロニーが人を深め、大きくする。それがより高い次元の救いへの入り口になる。そこに普遍的な希望を見いだすこともできる。だからこそギリシャ悲劇は今でも多くの人々に読まれ、芸術のひとつの元型となっているんだ。また繰り返すことになるけれど、世界の万物はメタファーだ。誰もが実際に父親を殺し、母親と交わ

るわけではない。そうだね？　つまり僕らはメタファーという装置をとおしてアイロニーを受け入れる。そして自らを深め広げる。」（21章）

この個所で、「世界の万物はメタファーだ」という発言がなされる文脈を説明すれば、発端は、21章の冒頭で示される新聞記事にある。大島さんがその記事を「僕」に見せる、というかたちをとるのだが、そこに「彫刻家、田村浩一氏刺殺される」という見出しがあり、それが「僕」（田村カフカ）の父親なのだ。父親の死を知った「僕」は唐突に、「僕が殺したわけじゃない」と口にする。大島さんは、もちろんわかっていると言ってから、「君はその日〔殺人が行なわれた日〕、夕方までこの図書館にいて本を読んでいた。それから東京に帰ってお父さんを殺して、その足でまた高松に戻ってくるのは、どうみても時間的に不可能だ」と応じる。その時点ではまだ、その日の夜、図書館から帰った「僕」が神社で何時間も気を失っていて、気づくとシャツが血だらけだったということを大島さんは知らない。

なのに、話の流れから、大島さんは、人は欠点によってではなくむしろ美質によって大きな悲劇のなかに引きずり込まれると言い、それを受けて「ソフォクレスの『オイディプス王』が顕著な例だ」と口にする。アイロニーが云々されるのはそうした文脈があるからだが、重要なのは、まだ「僕」が父親から受けた呪い（オイディプス王が受けた予言と同じである）を大島さんに打ち明ける前から、小説家は大島さんに『オイディプス王』の例を口にさせている点だ。だから大島さんがそのあとで強調することになる「世界の万物はメタファーだ」という言葉にも、それにつづく「誰もが実際に父親を殺し、母親と交わるわけではない」というセリフにも、作中人物の意思を通り越して小説家の意向が張り付いている。「僕らはメタファーという装置をとおしてアイロニーを受け入れる」という発言など、まさに小説家の意図を反映しているようにしか見えない。というのもそのあと、「僕」自身が経験するのは、まさに「メタファーという装置」をとおして世界を理解することだからである。それゆえ「世界の万物はメタファーだ」という作中で三度も繰り返される言葉は、単なる大島さんの持論を超えて、物語の構築じたいにかかわる作者の視点と考えていいだろう。「僕」だけではない、『海辺のカフカ』の読者もまた、「メタファーという装置」を通してこの物語世界を読むよう誘われている。それは、この小説をつぶさに読むための一種の拡大鏡のようなものになっている。そしてそのことが顕わになる21章は、物語全体から見て重要な転回点なのだ。

呪い＝予言の反復構造

その21章には、もう一つの新聞記事が小説家によって周到に用意されている。それは田村浩一氏が殺されたと判断される翌日の夕方、彫刻家の住まいと遠くない中野区野方で、「空から魚が降ってきた！」という見出しとともに差し出されている。イワシとアジが2000匹も空から降るという珍事の報道だが、珍事といえば、同じ日の深夜に、東名高速道路の富士川サービスエリアでも「大量のヒルが空から降ってきた」という記事が新聞に出ていたと紹介される。それらは『海辺のカフカ』の偶数章の物語を歩むナカタさんが引き起こしたもので、これまた奇数章と偶数章の小さな接点と言えるのだが、注目したいのは、「僕」の父親の刺殺事件と魚やヒルの珍事について、大島さんが「ただの偶然の一致かもしれない」と言うのに対し、「僕」は「それもメタファーかもしれない」と応じて、早くも世界を「メタファーという装置」をとおして見はじめていることだ。

そして、この変化を受けるように、「僕」は「父親が何年も前から僕に予言していたことがあるんだ」と大島さんに切り出す。この予言が口にされるのは、まさに「僕」が「それもメタファーかもしれない」と言った直後で、「予言というよりは、呪いに近いかもしれない」とすぐさま言い直される。父親から「僕」の受けたその呪いこそ、「お前はいつかその手で父親を殺し、いつか母親と交わることになる」というもので、それを聞いた大島さんは「それはオイディプス王が受けた予言とまったく同じだ」と告げる。

「僕」が受けた呪いには、6歳上の姉とも交わる、というおまけまでついているが、要するに、父親からの呪い(予言)はオイディプス王が受けた予言のまさに「結果的なメタファー」になっている。言い換えれば、『海辺のカフカ』は二度目の『オイディプス王』にほかならない。この反復構造によって、オイディプス王の受けた神託(予言)にふくまれる免れがたさが、「僕」の受けた父親からの呪い(予言)にまで波及するのではないか。この免れがたさが、今度は呪い(予言)の免れがたさとして働く。それは「僕」の受けた父親からの呪い(予言)を実現する方向へと物語を押し進める。これもまた、メタファー(オイディプス王の受けた神託＝「僕」の受けた呪い)から発生するモーメントであり、反復から生じる意味のバイアスにほかならない。

そしてまた呪い(予言)じたいも反復構造の上に成り立っている。言うまでもなく、呪い(予言)とは、あらかじめ呪われたこと、予言されたことがそのとおりになって完結する。そのとおりにならなければ、呪いにも予言にもならず、単なる流言飛語のたぐいと変らなくなる。呪いや予言は、言葉にされたことがそのとおりの事として起こってはじめて成り立つ。つまりそれじたい、反復を自らの構造に持っている。一度目に言葉にされ、二度目に言葉どおりの事が起こる。つまり呪いや予言じたいに、この反復構造から由来する免れがたさが内包されていると言えるのだ。それが呪いや予言を実現に向けて後押しする。父親を殺し、母親と交わる、と予言されることのうちには、すでにこの反復構造によって事を起こす方向に向けたベクトルが潜在的に生じている。それこそが小説空間において醸成される意味のバイアスにほかならない。『海辺のカフカ』が呪いのような予言を持つことで、そこから生まれる意味は物語全体に波及する。

リアリズム対ファンタジスム

物語はこの21章から、さらに重要な展開を見せる。メタファーを通して世界を眺める姿勢が共有され、「僕」が「大島さんにすべてをうちあける」からだ。その夜、「僕」は図書館からの帰りの「何時間か意識をうしなって、神社の林の中で目を覚まし」、そのとき「僕のシャツにはべっとりと誰かの血がついていた」。その鮮血を「僕」は神社の洗面所で洗い流したが、「数時間ぶんの記憶がまったく消えてしまってい」て、そのことを「僕」は大島さんに伝える。その上で「僕」は、「でもね、メタファーとかそんなんじゃなく、僕がこの手でじっさいに父を殺したのかもしれない」と語り、同時に、「たしかに僕はその日東京には戻らなかった」とも告げ、大島さんに教えられていたイェーツの「夢の中で責任が始まる」という詩句をもとに、「とくべつな夢の回路みたいなのをとおって、父を殺しにいったのかもしれない」とさえ口にする。

「僕」の発言にふくまれるこの矛盾にこそ、じつは『海辺のカフカ』の立ち位置が表れている。その矛盾とは、「僕」が四国にいながら、同時に、東京にいる父親を殺す、という矛盾である。ここではまだ、「僕」はそのような気がしていて、夢のなかで父親を刺殺したのではないか、という想像の域を出ない感触でしかないが、この矛盾に『海辺のカフカ』は引き裂かれることになる。それは、この矛盾によって新たな物語創造の企てを村上春樹が『海辺のカフカ』で試みているからだ。

いったいどんな企てなのか、そして『海辺のカフカ』が「僕」の語る矛盾に引き裂かれる、とはどういうことなのか。こう言ってよければ、その企ての一方には、「僕はその日東京には戻らなかった」という極があり、もう一方には、「僕がこの手でじっさいに父〔東京の自宅にいる〕を殺した」という極があって、その二つの極のあいだにはたらく張力に物語は引き裂かれるのだ。そうした張力は、まさにリアリティーにかかわっている。物語の上でいえば、父親が殺害されたとき、「僕」はどこにいたかということだ。明らかに、「僕」は四国・高松にいた。しかし同時に、「僕」が東京にいる父親をこの手で殺したというもう一方の極を押し進めれば、このリアリティーじたいが揺らぐ。そして『海辺のカフカ』は、このもう一方の極を押し広げるのだ。そのとき、物語のリアリティーが揺らぎを超えて歪むのだが、同時に、そのような歪みをどう処理するのか、という問題が小説家の前に差し出される。

その意味で、「僕」の発言に潜む矛盾には、『ねじまき鳥クロニクル』で差し出された問題が受け継がれている。正確に言えば、継承されると同時に変奏されている。例の「区営プール」にいながら同時に「僕」が「井戸の底」にもいる、という問題である。「僕」が同時に二つの場所にいることで、物語はリアリズムの臨界点に触れてしまった。そして『海辺のカフカ』で村上春樹はその問題を、四国にいる少年が同時に東京にいるその父親を殺す矛盾(不可能性)として差し出しているが、『ねじまき鳥クロニクル』と異なるのは、メタファーという視点とともに「とくべつな夢の回路みたいなものをとおって」という保留が付されている点だ。

そうした矛盾(不可能性)を、『海辺のカフカ』で村上春樹は一歩すすめて、リアリズムの線上で物語を書くのか、非リアリズム、つまりファンタジーの線上で書くのか、という相容れない方向とその選択へと変奏している。ところで現在、これまでの文学史的な見方とは異なり、リアリズムの対立語はロマンティシズムではない。いま、リアリズムが最も対立しているのはファンタジーである。そんな語はないが、あえて造語を用いれば、リアリズムが対立するのはファンタジズムとでもいう新語で示されるものになるだろう。この二つの語を用いて整理すれば、「僕」は夜中の数時間で物理的に高松と東京を往復できないのだから、父親の殺人は行なっていない、と考えるのがリアリズムであり、他方、にもかかわらず、意識が失われた数時間で「僕」は東京にいる父親を殺すことも不可能ではない、と考えるのがファンタジズムにほかならない。そしてこの小説は、その両方を手放そうとしない。だからその二つ極のあいだで逆方向への張力がはたらき、その張力から生じる歪みをどう処理するかが、小説家にとっての新たな課題となる。言い換えれば、『ねじまき鳥クロニクル』で「区営プール」と「井戸の底」との不可能な同時共存を許容したとすれば、『海辺のカフカ』で村上春樹は、この問題にひとつの解決策を用意している。

アインシュタイン対メタファー

『海辺のカフカ』は、それゆえリアリズムとファンタジスムに引き裂かれた小説だと言える。この二つの方向性を、「僕」が矛盾する思いを告白した直後に大島さんは別の言葉に置き換える。別の言い方をすることで、リアリズムとファンタジスムの問題がより鮮明になり、物語をつくる方法と技術に落とし込みやすくなるからだ。

「君はそう考える。それは君にとってある意味での真実かもしれない。しかし警察は——あるいはほかの誰だって同じだけど——君の詩的責任までは追及しないはずだ。いかなる人間も同時にふたつのちがう場所には存在できない。それはアインシュタインが科学的に証明しているし、法的にも認められている概念だ」

「でも僕は今ここで科学や法律のことを話しているわけじゃない」

大島さんは言う、「でもね、田村カフカくん、君が言っていることはあくまで仮説に過ぎない。

それもかなり大胆でシュールレアリスティックな仮説だ。まるでサイエンス・フィクション小説の筋書きみたいに聞こえる」

〔…〕

「ねえ大島さん、僕はそんなことをしたくないんだ。父を殺したくなんかなかった。母とも姉とも交わりたくなんかない」

「もちろん」と大島さんは言う。そして僕の短い髪を指で梳《す》く。「もちろん、そんなことはあり得ない」

「たとえ夢の中でも」

「あるいはメタファーの中でも」と大島さんは言う。「アレゴリーの中でも、アナロジーの中でも」

（第21章）


この会話で、リアリズムを支える極は、「いかなる人間も同時にふたつのちがう場所には存在できない」というかたちで要約されている。それを大島さんは、「アインシュタインが科学的に証明している」と補ってさえいる。いったいどういうことかといえば、アインシュタインは自身の相対性理論の根底に、光よりも速く動くものを想定していない。異なる場所に同時に同じものが存在するとは、その光より速く動くものを想定しないと説明がつかない。つまり、光りよりも速く東京と四国のあいだを移動できると想定すれば、それはアインシュタインの相対性理論を逸脱してしまう。その意味で、このリアリズムの極を支えているのは、アインシュタインと言い換えてもよい。「僕」が四国の高松にいながら、同時に東京の中野区にいるその父親を殺すことなど、アインシュタイン的には絶対に不可能だし、それがわれわれの現実感覚《リアリズム》でもある。

そして、もう一方の極を支えているものも、同じ引用のなかの会話に刻まれている。大島さんが「僕」の想像するような事態は「あり得ない」と言うときに、そのもう一方の極を支えるものが姿を見せている。「たとえ夢の中でも」と訊き返す「僕」に対し、大島さんは答えるではないか。「あるいはメタファーの中でも」と。このメタファーは、前後のセリフに出てくる夢やアレゴリーやアナロジーと同義の一つとして口にされているのだが、このあとの展開をみれば、これらのなかでメタファーに力点が置かれていることがわかる。なぜここで大島さんがメタファーを強調するかといえば、そこに「いかなる人間も同時にふたつのちがう場所には存在できない」というアインシュタイン的主張と真っ向から対立する視点がふくまれるからだ。小説家はメタファーのうちに、リアリズムの極を支えるロジックと拮抗するものを見ている。

アインシュタインの極が「いかなる人間も同時にふたつのちがう場所には存在できない」と考えるのに対し、メタファーは、別の言葉やイメージを同じものとしてつなぐ修辞表現である以上、その両方を、つまり〈喩えられるもの〉と〈喩えるもの〉を両立させる。メタファーで結ばれたものは、その一方が他方を打ち消すことはなく、代理関係を保ったまま両者をともに維持する。陳腐な例で恐縮だが、たとえば人の命（〈喩えられるもの〉）のメタファーとしてロウソクの火（〈喩えるもの〉）という言葉を使えば、その両方が有効であってこそ、メタファーは成立する。そのどちらか一方が否定されれば、それはもはやメタファーではなく、単に命を命と呼び、ロウソクの火をロウソクの火と呼ぶ直叙でしかなくなる。この、人の命とロウソクがともに成り立つのがメタファーであり、その両極構造をトポス(場所・論題)にまで広げて考えれば、二つの場所《トポス》の両立を可能にするロジックの支えとなる。その意味で、メタファーはリアリズムの極と対立するもう一方の極の支えとなり得るのだ。

村上春樹の鋭さは、このメタファーのうちにリアリズムと対立する論理構造を見いだし、それを大島さんの会話を通じてさりげなく同時に示し、この物語の二つの極の一方(ファンタジスムの極)を支えるために用いたことだ。それも大胆に。つまり村上春樹はメタファーを、ファンタジスムの極を強力に維持すると同時に押し進める方法に用いたのである。そのような構造的な意味と役割をメタファーのうちに見出した点にこそ、村上春樹の『海辺のカフカ』での新たな企てはある。そして言い添えれば、「目じるしのない悪夢」で語られたメタファーに、「地下鉄サリン事件」のあとの最初の長篇でこのような意味が付与されたことじたいに、物語の構築を通しての小説家の応答の姿勢が、つまりは「荒唐無稽なジャンクの物語」を放逐し得る「まっとうな力を持つ物語」の試みが垣間見えるのである。

〈幽霊〉と〈生き霊〉

リアリズムとファンタジスムのあいだで生じた張力は、四国・高松にいる「僕」が同時に東京にいる父親を殺し得るという矛盾としてあったが、小説家はこれを別のかたちへと引き継がせる。それが「僕」による〈幽霊〉の目撃にほかならない。

物語の流れに即していえば、ホテルにもどれなくなった「僕」は大島さんの計らいで図書館の「閲覧室の先の廊下」の奥にある「ゲストルーム」に泊まるようになる。その部屋には「簡単なバスルームとクローゼットがついてい」て、「ひとり用のベッド」まで用意されている。そこで、夜、ふと目を覚ました「僕」はこんなふうに少女の姿を目撃する。

> 僕はなにかの気配でふと目を覚まし、その少女の姿を目にする。真夜中なのに部屋の中は不思議なほど明るい。窓から月の光が射しこんでいるのだ。寝る前に窓のカーテンを引いておいたはずなのに、今ではそれが大きく開いている。〔…〕
> 彼女の年齢は僕と同じくらい、15歳かそれとも16歳。きっと15歳だ。僕はそう判断する。
> （23章）

この光景を見ているうちに、「その少女が〈幽霊〉であることが僕にはわかる」。だが翌日になると、「もちろん昨夜この部屋を訪れた少女が佐伯さんであることは、最初からわかっていた」と「僕」は語りもするのだが、「最初からわかっていた」ことをその時点で語らないのは、〈幽霊〉が佐伯さんであることをすぐには読者に知らせないためだ。この語りの遅延行為によって、〈幽霊〉が現実（50歳過ぎの佐伯さん）とファンタジスム(15歳の佐伯さん)を同時に成り立たせる両義的存在となる。

僕が昨夜この部屋で目にしたのは、まちがいなく15歳のときの佐伯さんの姿だった。本物の佐伯さんはもちろん生きている。50歳を過ぎた女性としてこの現実の世界で、現実の生活を送っている。彼女は今も二階の部屋で机に向かって仕事をしているはずだ。この部屋を出て階段をあがっていけば、実際に彼女に会うことができる。話をすることもできる。でもそれにもかかわらず、僕がここで目にしたのは彼女の〈幽霊〉だった。人は同時に二ヵ所に存在することはできない、と大島さんは言った。でもある場合にはそれは起こりうるのだ。僕はそのことを確信する。人は生きながら幽霊になることがある。(23章)

〈幽霊〉という両義的存在によって、佐伯さんは50歳過ぎの婦人であると同時に15歳の少女であることが可能になる。当然、そのとき「50歳過ぎ」の佐伯さんと「15歳」の佐伯さんは別の場所にいる。〈幽霊〉は「人は同時に二ヵ所に存在することはできない」への反証であって、そのかぎりにおいて、二つの極のせめぎ合いで生まれる張力(矛盾)を引き受けることができる。〈幽霊〉とは、リアリズムとファンタジスムをともに可能にする境界的存在なのだ。そもそも、〈幽霊〉は人が死んでいることを前提としている。しかし佐伯さんの〈幽霊〉の場合、本人は「50歳を過ぎた女性としてこの現実の世界で、現実の生活を送っている」と語られる通り、生きている。その生きている佐伯さんが15歳の〈幽霊〉として、昨夜、「僕」の部屋に現れた。

この、生きていると同時に死んでいるという矛盾が、二つの極の矛盾(張力)を引き継ぎ、その変奏となっている。生きている状態と死んでいる状態が同時に重ね合わされていることが、「人は同時に二ヵ所に存在する」というあり得なさに対応している。だからこそ小説家は、すぐさま「人は同時に二ヵ所に存在することはできない、と大島さんは言った」と言い添えるのだ。つまり、〈幽霊〉によって村上春樹はリアリズムとファンタジスムの張力(矛盾)を吸収し、物語的に軟着陸させている。

もっとも、この〈幽霊〉はすぐさま大島さんによって、「それは〈生き霊《りょう》〉と呼ばれるものだ」と指摘され、『源氏物語』の時代には、〈生き霊〉は「すぐそこにあるごく自然な心の状態だった」と説明される。村上春樹はこの〈生き霊〉に〈幽霊〉を引き継がせる。「僕は今ここにいる佐伯さんにではなく、今ここにはいないい15歳の佐伯さんに心をひかれている。それもとても強く」というように、「僕」がいまそこにはいない〈生き霊〉に恋するというかたちで物語は展開される。小説家はそのことで、リアリズムの極とファンタジスムの極をむりやり触れ合わせてしまう。

〈生き霊〉を見た翌日の夜、気がつくと「少女はすでに昨夜と同じ椅子《いす》の上にいる」。それは「少女時代の佐伯さんであることに疑問の余地はない」と「僕」は思うのだが、さらにその翌日の夜にも、その少女はやってくる。そして「僕」は「知らないうちに声に出」して「佐伯さん」と呼びかけてしまう。こちらを向いた少女に、「僕」はまたしても名前を発してしまう。その声によって、〈生き霊〉のいるファンタジスムの空間がリアリズムの空間に接合される。そうして少女の佐伯さんは「右手を口の前にもってい」き、まるで「なにも言わないで」と告げているかのような動作をする。このとき、別々の世界であったはずの〈生き霊〉のいる時空と「僕」のいる時空はつながってしまい、その結果、「僕」は「恋をしている相手が15歳の少女としての佐伯さんなのか、それとも現在の50歳を過ぎた佐伯さんなのか」わからなくなり、ついには「そのふたつのあいだにあるはずの境界線が揺ら」いでしまう。

小説家はむしろ積極的に、この境界線を揺さぶっている。今度もまた「僕」は眠り込んでしまい、気がつくと、「少女はいつもと同じように机の前に座り、いつもと同じ姿勢で壁の絵を見ている」。しかし「そこにあるシルエットはあの少女のシルエットではない」と「僕」は気づく。小説家は「僕」に声をかけさせたことで、もはや〈生き霊〉ではない「現在の佐伯さん」を召喚している。だが、その佐伯さんはまだ完全には現実のフィールドに立ってはいない。というのも、彼女は「目は開いてい」ながら、「眠っている」からだ。ここが物語的に上手いところだが、小説家は、「僕」にとっては生身の佐伯さんを用意したのに、佐伯さんにとっては現実とは認識できない状況を「眠っている」ことでまだ維持している。その意味で、佐伯さんはまだリアリズムの世界の住人に完全にはなりきってはいない。いわば〈生き霊〉と「現実の佐伯さん」の中間にいる。そして小説家はそこでさらに大きな負荷をかける。佐伯さんに、この「眠っている」状態のまま、「僕」とセックスをさせるからだ。彼女は「ブラウスのボタンをひとつひとつはずし、スカートを脱ぎ、下着をと」り、「裸になると、狭いベッドの中に入ってくる」。その夢遊状態のなかで、「佐伯さんはたぶん僕のことを、ずっと昔に死んでしまった恋人の少年だと思い込んでいる」と「僕」は思う。

「僕」にとっては、「事実と可能性の境界線さえみつから」ず、佐伯さんは「目を開けたまま眠っている。彼女はべつの世界にいる。君の精液はべつの世界に呑みこまれていく」とさえ太字で強調されている。佐伯さんが「眠っている」ことで、かろうじて「べつの世界」は維持される。だから「僕」にとって、セックスはリアルな体験であるのに、リアルな世界で起こったこととは言い切れなくなる。「精液はべつの世界に呑みこまれていく」とあるのは、そのためだ。小説家はここで、いわば薄皮一枚を残して「可能性」の世界を維持しているが、それをわれわれの言葉でいえば、ファンタジスムの世界とリアリズムの世界を接合させながらともに成立させている、ということになる。15歳の〈生き霊〉に声をかけた段階から、「現実の佐伯さん」とセックスする段階にまで、小説家は「僕」を進ませた。そしてもう一歩、そこから「僕」をさらに前進させる。「僕」が「眠っている」佐伯さんとセックスをした翌日の昼に、二人を佐伯さんの部屋で向き合わせ、言葉を交わす場面を小説家は用意するからだ。それは最終的に、眠ってはいない佐伯さんとのセックスへと「僕」を前進させるためであり、結果としてそれは「僕」にとって、父親の予言＝呪いの方向に踏み出すことを意味するのだが、重要なのは、そこで二人の背中を押すのがメタファーにほかならないということだ。メタファーが、生と死の世界をあわせ持った〈幽霊〉を、さらにはリアリズムの世界とファンタジスムの世界を重ね持つ〈生き霊〉を受け継ぐ、と言い換えてもよい。そしてそれが、『ねじまき鳥クロニクル』での「区営プール」と「井戸の底」に同時にいるという不可能性に対する具体的な解決方法でもある。

メタファー契約

翌日の午後一時過ぎに、「僕」は佐伯さんのいる二階の書斎にコーヒーをもっていく。そうして二人のあいだに、話し合いがもたれ、昨夜のことに背中を押されたのか、「僕」は父親からの呪いのような予言について佐伯さんに告げる。オイディプス王が受けた予言と同じで、父親を殺し、母親と交わるというものだ。そこには姉との近親相姦もふくまれる。それを受けて、佐伯さんは「その仮説の中では、私はあなたのお母さんなのね」と答える。しかし「僕」が伝えるのは、父親の予言を充たすためではなく、「15歳のときのあなたに恋をし」、その「彼女をとおして、あなたに恋した」から、自らの思いのために佐伯さんを求めている、ということだ。仮説を聞いた佐伯さんは、「あなたは私とセックスをしたいの?」とはっきり口にする。本人には、昨夜のことはまったく意識されていないのだ。その意味で、昨夜の目を開けたまま眠っていた佐伯さん自身、ぎりぎりまだ可能性の世界に踏みとどまっている。

確認しておけば、この状況にはいくつものメタフォリックな重なりが認められる。「僕」がいくら自身の思いだと言い張っても、それは父親の思い(予言=呪い)と方向性が一致する以上、そこには「僕」=父親というメタファーが前提になっている。そして佐伯さんとのセックスを求める「僕」にとって、佐伯さん=母親というメタファーが成り立っている。そのように考えれば、15歳の少女と現在の佐伯さんもメタファーの関係にあると言えるだろう。言い換えれば、その両者の接点にある〈生き霊〉とは、まさにメタファー的なのだ。それだけではない。佐伯さんから見て、「僕」は彼女の恋人だった少年とメタファー関係にある。

　そうしたメタフォリックな重なりのなかで、「僕」は佐伯さんを求める。「悪いけど出ていってくれる？」と佐伯さんに言われても、「僕」は執拗に迫る。そのとき「僕」が佐伯さんに持ち出すのが、ほかならぬメタファーの論理なのだ。具体的にいえば、メタファーを介在させた接近ということになる。どういうことか。もしメタファーをあいだに置かなければ、佐伯さんは佐伯さんのままだ。ところが佐伯さんと「僕」のあいだにメタファー（佐伯さん＝母親）をはさめば、「僕」は恋する佐伯さんに近づくと同時に母親にも近づくことになる。そして同じことは佐伯さんにも言える。「僕」＝かつて恋した少年というメタファーをあいだにおけば、佐伯さんにとって「僕」と関係を持つことは恋した少年との関係を回復することにつながる。

　佐伯さんが「あなたの仮説は、ずいぶん遠くの的を狙《ねら》って石を投げている」と指摘したあと、「僕」はこう答えている。そこに、メタファーの役割がしっかりと意識され、刻まれている。


「わかっています。でもメタファーをとおせばその距離はずっと短くなります。」

「でも私もあなたもメタファーじゃない」

「もちろん」と僕は言う。「でもメタファーをとおして、僕とあなたとのあいだにあるものをずいぶん省略していくことができます」

　彼女は僕の顔を見あげたまま、またかすかに微笑む。「それは私がこれまでに耳にした中ではいちばん風変わりな口説き文句だわ」

「いろんなことが少しずつ風変わりです。でも僕は真実に近づいていると思う」
「メタフォリカルな真実に向かって実際的に？　それとも実際的な真実に向かってメタフォリカルに？　それともそれは相互的に補完的に働きあうものなのかしら」（31章）

「僕」は二度もメタファーという言葉を用いて、佐伯さんを口説いている。「メタファーをとおせばその距離はずっと短くなります」と言い、さらには「メタファーをとおして、僕とあなたとのあいだにあるものをずいぶん省略していくことができます」と言って。だがそこには奇妙なねじれがある。メタファーは口説く対象との距離を短くしないし、対象との「あいだにあるもの」を省略してくれないからだ。メタファーを置くことで縮まるのは、「僕」と佐伯さんの距離ではない、「僕」と母親の距離にほかならない。言うまでもなく、それは「僕」にとって母親との近親相姦を意味する。皮肉にも、メタファーは失われた母親を回復する方法であると同時に、予言＝呪いというかたちをとった父親の暴力を実現する装置にもなっている。この背反する二重性こそが『海辺のカフカ』に新たな悲劇性を付与している。

　ところでこれを佐伯さん側から見れば、メタファーの非対称性がよくわかる。「僕」が母親を佐伯さんのうちに見ているのに対し、佐伯さんは「僕」のうちにむかし愛したすでに死んでいる少年を見ているからだ。そして繰り返すが、厳密にいって、佐伯さんと「僕」の距離を縮めるのはメタファーなどではない。その距離を廃棄するのは、あくまでも佐伯さんの決断にほかならない。「僕」と性関係を結んでもよいという決断であり、それが同時に佐伯さんにとって、「僕」とメタファー関係にある少年との距離を埋めることになる。

　そして佐伯さんは、その夜の九時過ぎに、「僕」のいる部屋にやってくる。「僕」と死んだ少年との距離（メタファー）を埋める決断をしたのだ。そして二人はこんな会話を交わすのだが、そこでは「僕」が少年でもあって、佐伯さんが少女でもある。


「ねえ知ってる？　ずっと前に私はこれとまったく同じことをしていたわ。まったく同じ場所で」

「知ってるよ」と君は言う。

「どうして知っているの？」と佐伯さんは言う。そして君の顔を見る。

「僕はそのときそこにいたから」

「そこにいて橋を爆破していたのね」

「そこにいて橋を爆破していた」

「メタフォリカルに」

「もちろん」

〔…〕

「あなたはどうして死んでしまったの？」

「死なないわけにはいかなかったんだ」と君は言う。

（31章）

補足すれば、ここに「君」が出てくるのは、「僕」のもう一人の自分ともいうべき存在である「カラスと呼ばれる少年」が「僕」に向かって語っているからで、つまりは「君」は「僕」自身と同じである。その意味でも、「僕」はこの少年ともメタフォリカルな関係を維持しているし、同一の人間であるのに、「僕」と「君」のあいだでは人称的な二重性が維持されている。そして佐伯さんが、「ずっと前に私はこれとまったく同じことをしていたわ」というとき、それは佐伯さんが少女とのあいだでメタフォリカルな関係を引き受けるという宣言にもなる。当然、「僕」は「そのときそこにいたから」ということで、その少女が愛した少年を引き受ける。そうして二人が結ばれるとき、同時に、メタファーとしての少年と少女も結ばれ、「僕」と母親もまた結ばれる。その結果、「僕」が父親から吹き込まれていた予言＝呪いの暴力が行使されるのだ。メタファーの実践によって暴力が行使される構造は、村上春樹が「地下鉄サリン事件」から物語論として学んだものだ。そして今回、佐伯さんは眠ってはいない。その証拠に、「セックスが終わったあとで彼女は泣く」のであり、前夜は聞こえなかった佐伯さんが乗って帰る「フォルクスワーゲン・ゴルフのエンジン音が今度は聞こえる」のだ。それが、この二人が完全にリアルな世界にいることを示している。

小説家は、まずは〈幽霊〉と言い、ついで〈生き霊〉と言い、最後にメタファー構造を用いてファンタジスムの世界をリアリズムの世界になじませたのだ。その匍匐前進のような物語の進め方は小説家の技量以外の何物でもない。

そしてもう一つ手短に指摘しておこう。このあと「僕」が一時避難の場所として高知の山奥の小屋に大島さんに連れていってもらうが、そこからさらに迷い込んだ世界（それは「リンボ」と呼ばれる「生と死の世界のあいだに横たわる中間地点」)にある部屋で、そこに現れた佐伯さんに「僕」は、「あなたは僕のお母さんなんですか?」と問いかける。あとから「僕」は知ることになるのだが、じつはこのとき佐伯さんはもう死んでいる。だから「リンボ」の部屋に現れることができたとも言えるのだが、そこでのこの問いが村上春樹の最後にしかけた試みにほかならない。そしてこの問いには、イエスともノーとも答えられないのだ。佐伯さんが自分の口からどちらかを答えたとたん、この小説は佐伯さん=母親という近親相姦の物語に収束するか、佐伯さん≠母親という単なる年配女性とセックスするだけの物語になってしまうからだ。だから、そう問いかけた「僕」は自ら「その答えはわかっている」と言いながら、「それを言葉にすることはできない。言葉にすれば、その答えは意味を失ってしまう」と語って、佐伯さん=母親と佐伯さん≠母親を同時に宙づりにし、メタフォリカルな多重世界を維持するのだ。そしてそれはシュレディンガーが思考実験★として差し出した「死んでいる猫」と「生きている猫」の重ね合わされた量子論的な世界観を引き継ぐのであり、『ねじまき鳥クロニクル』の「僕」の、「区営プール」と「井戸の底」に同時にいる重ね合わせ状態を変奏するも

★——「シュレディンガーの猫」と呼ばれる思考実験は、猫と放射性元素とその崩壊に反応して作動する青酸ガスの発生装置を入れた密閉した鋼鉄の箱を想定する。原子の放射性崩壊の確率を50パーセントとし、ガイガー計数管が原子崩壊を検知すると、電気的に青酸ガスの発生装置が作動し、猫が殺される仕掛けである。放射性物質は1時間のうちに原子崩壊する可能性が50パーセントであり、崩壊した場合、青酸ガスの発生により猫は死ぬ。原子崩壊しない場合、青酸ガスは発生せず、猫は生きている。観察者が箱を開けるまで、猫の死は決定しない。箱を開けないかぎり、生きている猫と死んでいる猫が重ね合わせの状態で存在していることになる。観察者が箱の中を見るまで、事象は収縮して結果が定まることはない。「量子力学の確率解釈」が誤っていることを示そうとしたシュレディンガーの思考実験である。

のでもあるのだ。その意味で、村上春樹は『海辺のカフカ』でメタファーを使い、『ねじまき鳥クロニクル』の量子論的問題にひとつの別の解決方法を見出したと言えるだろう。

ところで日本の純文学では、古くは島崎藤村から、比較的最近では吉行淳之介、大江健三郎、中上健次をふくめて、多くの小説家がこの近親相姦に物語的な重要性を付与してきた(つまり日本の純文学は血と家族をメインに物語にしてきたのだ)が、そのことへの明らかな批判と超克が『海辺のカフカ』には刻まれている。村上春樹が「地下鉄サリン事件」以降の最初の長篇小説で、多重世界を可能にするメタファーを物語の方法的な基盤に据えたことは、この小説家個人の変化の域を超えて、文学史的にもきわめて重要な意味を持つのである。

第5章

量子論的な不可能性をどう回避するか

――『海辺のカフカ』を読む❷

あり得ないことの連鎖

これまでメタファーに注目しながら論じてきたのは、主として『海辺のカフカ』の奇数章である。人が同時に二ヵ所に存在できるか、できないかをめぐって、リアリズムに基礎を置く物語がいかに揺さぶられるかを見た。と同時に、それとは真逆の動きをファンタジスムと呼んで、これを支える方法がメタファー構造にあることを指摘した。あえて論旨を分かりやすくするために、リアリズムの極とファンタジスムの極を拮抗させたが、じつのところ村上春樹は、ファンタジスムをリアリアズムに着地させるためにメタファーを用いていた。これから触れる偶数章では、不思議に聞こえるかもしれないが、ファンタジスムになじむものがリアリズムとは対立していないように見える。ファンタジスムをリアリズムの圏域に収めようという小説家の意図が希薄に感じられるのだ。ただ、主人公のナカタさんが星野青年に助けられながら目的地も分からず移動し、到着地点と思えるところに至り、探していた(それも、見つけたと同時にその人を探していたと分かる)人物と話すなかで、本人自身もまたメタファー的存在であることがあらわとなるように書かれている。

　偶数章では、メタファーとの関連が見えないまま、次々に不思議なことが起こり、ナカタさんは移動を余儀なくされる。ナカタさんは、猫と会話ができる(少なくともある時期までは確実に)特技を生かして、猫探しのアルバイトを行なう。その過程で、黒い犬に導かれ(つまり、その犬の言うことを理解した結果)、ある家に連れていかれ、そこで犬の飼い主のジョニー・ウォーカーと名乗る男に、探している猫を返してやる代わりに自分をナイフで刺殺してくれと頼まれ、猫が殺されるのを回避しようと男を刺し殺してしまう。その返り血を浴びたはずなのに、気がつくと、ナカタさんは犬に出会った空き地で意識を取りもどし、浴びたはずの血が衣服にはまったくついていない。すでに、リアリズムに依拠する世界にわれわれはいない。

　そうしてナカタさんは自首すべく、交番に出向き、人を殺してきたことを警官に伝えるが、頭のおかしい老人くらいにしか思われず、警察官に真剣には相手にされずに、ていよく追い払われるかたちで交番をあとにする。そのとき、翌日の夕方、空から魚がたくさん降ってくると警官に伝えるが、これまた信じてもらえず、ますます頭のおかしい老人にしか見えなくなる。しかし結果はその通りに翌日、イワシとアジが空から降ることになる。ナカタさんは同じように、東名高速のインターチェンジでケンカの仲裁代わりにヒルを空から降らせもする。リアリズムにはとても収まらない。

　同じように、不思議なことなら、途中からナカタさんを助手席に乗せて運んでやる星野青年の身にも及ぶ。ナカタさんの一人旅を見かねて、休みをとって四国にまで同行する星野青年は、高松の宿で眠るナカタさんをおいて、夜、ひとり憂さ晴らしを兼ねて町をぶらつく。するととつぜん、彼の前にカーネル・サンダーズ姿の男が現れ、ナカタさんが探している〈入り口の石〉について、そのありかを星野青年に教え、ナカタさんのもとに運ぶように仕向けるのだ。自ら観念のようなものと名乗るカーネル・サンダーズ姿の男も、リアリズムの世界をはみ出している。

しかも、東京・中野での殺人事件が報道され、交番の警官がナカタさんのことを告げたために、警察は秘密裡にナカタさんと星野さんの行方を捜しはじめる。するとたちまちカーネル・サンダーズから、番号など知らないはずの星野さんの携帯に連絡が入り、警察が二人を探しはじめた旨を告げられ、身を隠すためのマンションの部屋まで必要なものとともに用意され、そこに行けと命じられる。まるですべてを知っている作者のようにカーネル・サンダーズは動くのだが、身を隠しながらナカタさんは探していた目的地になんとかたどり着き、探していた人物(それが奇数章の佐伯さんだ)との邂逅を果たすと、その後、そのマンションで眠りに就くように死んでしまう。一人になった星野青年は、〈入り口の石〉を残されて、自分が何とかそれを閉じなければならなくなる。そうした状況のなかで、ふと見かけた黒猫と星野さんは会話を交わしていて、まるでナカタさんの特技を受け継いだようになり、鮨屋で飼われているそのトロという名の猫から、〈入り口の石〉の閉じ方について貴重な教えをもらう。ざっと数えても、偶数章では、これくらいリアリズムの世界に収まり切らない出来事がふつうに語られている。

奇数章では、メタファーを動員して、ファンタジスムの要素をリアリズムの世界につなぎとめようとしていたのに対し、偶数章では、そうした配慮がまったくないように見える。より正確に言えば、偶数章では、そうしたファンタジーになじむものが淡々とリアリズムの語りや叙述スタイルで語られている。リアリズムの枠には収まりそうもないことを、リアリズムの文体で平然と語ること。その落差が、偶数章の魅力と言えるかもしれない。

たとえば、「翌日実際に中野区のその一角にイワシとアジが空から降り注いだとき、その若い警官は真っ青になった。何の前触れもなく、おおよそ2000匹に及ぶ数の魚が、雲のあいだからどっと落ちてきたのだ」といったように、偶数章では、あり得ないことが事実を伝える口調で淡々と語られる。あるいは、四国までナカタさんに同行した星野青年は、夜中の町でいきなりカーネル・サンダーズ姿の男に呼び止められ、いい娘《こ》がいると誘われたあとで、こんな会話を交わす。


「私がポンビキをしていたのは、ホシノちゃんをここまで連れてくるためだ。ちょっと手を貸してもらいたいことがある。だからそのお駄賃《だちん》に楽しい思いをさせてやろうと思ったんだ。一種の儀式としてな」

「手を貸す？」

「いいか、さっきも言ったように、私にはかたちというものがない。純粋な意味でメタフィジカルな、観念的客体だ。どんなかたちにもなれるが、実体はない。現実的な作業をするにはどうしても実体というものが必要になる」

「それで今のこの場合、俺っちが実体なんだ」

「そういうこと」とカーネル・サンダーズは言った。

（30章）

リアリズムの世界で考えれば、「純粋な意味でメタフィジカルな、観念的客体」がふつうに星野青年と会話ができることじたいあり得ない。そのあり得ないことを淡々とふつうのやりとりとして示すこと。ただそこには、はっきりした小説家の意図がある。「ちょっと手を貸してもらいたい」とカーネル・サンダーズが星野青年に頼むのは、彼の探している〈入り口の石〉を本人に見つけさせるためにほかならない。リアリズムの枠をはみ出すものが登場するのは、小説家が物語を考える方向に進めようとするときなのだ。カーネル・サンダーズが現れなければ、星野青年は〈入り口の石〉にたどり着けない状況に置かれたまま、物語が膠着する。カーネル・サンダーズとは、〈入り口の石〉を星野青年に見つけさせ、宿で眠っているナカタさんのもとに運ばせるための物語的アイテムと言い換えてもよい。

同じことは、星野青年と黒猫トロのあいだでも起こる。〈入り口の石〉を部屋まで運んだものの、ナカタさんに死なれてしまい困っている星野さんに、ベランダの手すりに乗って部屋をのぞき込む猫が口を利くのだ。退屈しのぎに星野さんが「よう、猫くん。今日はいい天気だな」と声をかけると、いきなりその猫が「そうだね、ホシノちゃん」と返事をする。それで二人のあいだに、まるで人間どうしが交わすような会話が実現するのだが、ここでも鮨屋に飼われているトロと名乗る猫は物語的に重要なことを星野さんに教える。

「きみはたぶん困っているんだろう。一人であとに残されて、そんなややこしい石まで抱え込んで」

「そのとおりだ。おっしゃる通りだよ。そういうことで、にっちもさっちもいかねえんだよ」

「で、困ってるなら少し助けてやろうかなとか思ってさ」

「そうしてもらえると俺っちとしてもありがたいね」と青年は言った。「猫の手も借りたいとはよく言ったもんだ」

「問題は石だ」とトロは言った。それからぶるぶると頭を振って、寄ってきた蝿《はえ》を追い払った。「石をもとに戻せば、きみの役割は終わる。どこでも好きなところに帰ることができる。そういうことじゃないかい」

「うん、そういうことだ。入り口の石を閉めてしまえば、それで話はしっかり終わるんだ。ナカタさんが言っていたように、一度開けたものは、また閉めなくちゃならない。それが決まりだ」

「だからどうすればいいか、わしが教えてやろうじゃないか」

「どうすればいいか、知ってるんだ?」と青年は言った。

「もちろん知っておるよ」と猫は言った。

(48章)

ナカタさんに先立たれて、〈入り口の石〉を閉じなければならないのに、星野さんにはその方法がわからない。そんなとき、ベランダに猫が現れ、〈入り口の石〉の閉じ方を教えるのだ。それは、石を閉じる方向に物語を進めるためにほかならない。猫もまた小説家によって操られている。偶数章にファンタジスムになじむものや存在が登場するのは、あり得ない物語を進めるためだが、それを淡々と語ることこそ、あり得ないことを物語になじませる方法であって、奇数章でのメタファーと同じような役割を果たしているのかもしれない。

そしてもちろん、そうした物語の作り方を批判することはできるし、じっさいに批判されてもいる。だが同時に、このファンタジスムの世界を批判することは、批判者が否応なくリアリズムの世界に裏打ちされた小説観に立っていると告げてもいるのだ。ほとんどの場合、リアリズムからファンタジスムを批判しているることにしかならない。自説とは異なるものを異なると言って批判しても、論理の同語反復に終始するだけだ。暗黙のうちに、リアリズムこそが小説のフィールドだとする思い込みが批判の前提となっている。小説には基本的に何でも許されている、と主張し、前衛小説を肯定する者でも、その依って立つ地平がリアリズムの世界だということが往々にしてあるのだ。

予言とは逆の反復構造

奇数章には、メタファーという方法が色濃く刻まれているのに、偶数章の大半を占めているのは、知恵遅れぎみのナカタさんが目的地もはっきりとは分からないまま、しかし断固としてその目的地に近づいていく移動のプロセスにほかならない。頭のよかった小学生だったナカタさんが、戦時中の疎開先でどうして知恵と記憶を失ったかを語る最初の数章を除くと、偶数章はナカタさんの移動しか語っていない。しかもその移動の特徴は、行先がピンポイントには分かっていない点にある。ナカタさんにあるのは、西への移動という漠然とした思いだけだ。目的地が正確には分からないのだから、ナカタさんに思い浮かぶ西へという方向性をもとに、物語はともかく距離を詰めていくことになる。

ナカタさんは途中で出会った長距離トラック運転手の星野青年に助けられながら、何とか目的地を見つけ、移動を終えるのだが、それは佐伯さんのいる高松の甲村記念図書館においてである。図書館で佐伯さんと交わすやりとりに色濃く刻まれるのは、メタファーの論理にほかならない。順を追って、説明しよう。40章で、ナカタさんが甲村記念図書館に行き当たるときが、まさに目的地への到着の瞬間である。


「で、おじさん、ひとつ確認しておきたいんだが、ここがその場所なんだね？　この図書館の中に何かその、大事な探していたものがあるんだね？」

ナカタさんは登山帽を脱ぎ、手のひらで何度かごしごしと短い髪をこすった。「はい。あるはずであります」

「じゃあもう探さなくていいんだね？」

「はい。これ以上探すべきものはありません」

(40章)


これが、中野区でジョニー・ウォーカー姿の男を刺殺してからはじまったナカタさんの長い移動の終焉である。当初、ナカタさんは自分のむかう目的地も分からずに、西の方へ、とだけ言って長距離トラックに乗せてもらい、神戸に着くと、その長距離ドライバーの星野青年までをともない、今度は大きな橋を渡ると言って、四国に行く。徳島に到着すると、さらに西に向かうと告げて、最終的に高松まで行くことになる。そうしてようやくナカタさんにも、自分の探しているものが「丸いお餅《もち》のようなかたち」の石だと分かり、今度はその石を捜し回るため、図書館に行って調べたりするのだが、すべてはムダで、困り果てている星野青年の前に、すでに見たようにカーネル・サンダーズが現れ、その石のありかを教え、星野青年はそれをナカタさんのいる宿の部屋まで運ぶことになる。そしてナカタさんはその〈入り口の石〉をともかくも開くのだが、また長い眠りに就く。そのときカーネル・サンダーズから警察が二人を探していると星野青年に電話が入り、サンダーズに言われた住所のマンションの部屋に二人は身を隠す。そこからまたレンタカーで、二人は市内をぐるぐる回って目的地を探しつづけることになり、その挙句に、ついにその場所に行き当たる。このような距離の踏破と移動を重ねながら、ナカタさんはついに甲村記念図書館にたどり着いたのだ。

その長い移動の行程を語るのが偶数章であり、この40章でその移動が終わる。そのとき、『海辺のカフカ』の物語全体から見れば、奇数章に偶数章がいわば接合されることになる。奇数章の舞台だった甲村記念図書館に偶数章の主人公ナカタさんがたどり着き、佐伯さん(田村少年が自分のメタフォリカルな母親だと思っている)とやりとりを交わし、そこで物語が交わるからだ。重要なのは、そのとき同時に、奇数章の物語を支配していたメタファーの論理が偶数章に一挙になだれ込むことだ。その結果、佐伯さんとナカタさんのやりとりにはメタファー関係が横溢することになる。顔を合わせた二人は、数ページにも及ぶ長い会話を交わすが、途中を省略しながら見てみよう。

「あなたは入り口の石のことをご存じなのですね」

「はい。知っています」と彼女は言った。〔…〕

「ナカタは何日か前にそれをもう一度開けました。〔…〕」

〔…〕

「ナカタがそれを開けましたのは、それを開けなくてはならなかったからです」

「わかっています。いろんなものをあるべきかたちに戻すためですね」

ナカタさんはうなずいた。「そのとおりです」

「あなたにはその資格がある」

「ナカタには資格ということがよくわかりません。しかし、サエキさん、いずれにせよそれは選びようのないことでありました。実を申しますと、ナカタは中野区でひとりのひとを殺しもしました。ナカタはひとを殺したくはありませんでした。しかしジョニー・ウォーカーさんに導かれて、ナカタはそこにいたはずの15歳の少年のかわりに、ひとりのひとを殺したのであります〔…〕」〔…〕

「そのような様々なことは、私が遠い昔にあの入り口の石を開けてしまったから起こったことなのですか？　それがまだ尾を引いて、今でもあちこちに歪《ゆが》みのようなものを作り出しているのですか？」

〔…〕

「サエキさん」とナカタさんは言った。「ナカタには半分しか影がありません。サエキさんと同じようにです」

「はい」

「〔…〕私たちはそろそろここを去らなくてはなりません」

「わかっています」

〔…〕

「私はその、あなたのおっしゃる15歳の少年と性的な関係を持ちました。つい最近のことです。私はその部屋でもう一度15歳の少女に戻り、彼と交わりました。それが正しいことであれ正しくないことであれ、私はそうしないわけにはいかなかったのです」（42章）

初対面の二人が確認しているのは、自分たちは〈入り口の石〉を開けたことがあるということで、そのためにナカタさんにも佐伯さんにも「半分しか影がありません」という状態になっている。それまで互いの存在さえ知らなかったナカタさんと佐伯さんなのに、姿もまるで似ていないのに、そうした共通点を介して二人はまさにメタファーの関係に置かれている。いや、二人はもっと重要な共通点を持っている。それはともに、カフカ少年に対しメタファー関係をもとにつながっているということだ。すでに見たように、佐伯さんは少年の母親というメタファーを介して少年と関係を持つにいたった。そしてナカタさんは、犬に導かれて行った先でジョニーウォーカー姿の男を、探している猫を救い出すために、言われるままにナイフで刺し殺している。その男がカフカ少年の父親であり、そのことをナカタさんは「そこにいたはずの15歳の少年のかわりに、ひとりのひとを殺した」と言うのだ。そのとき、姿形は異なるものの、ナカタさんと少年のあいだにはメタファー関係が成り立っている。刺殺したナカタさんに返り血がつかず、四国にいたはずの少年のシャツにべったりと血が付着しているのは、二人がメタフォリカルな関係に置かれているからだ。ナカタさんはいみじくも「そこにいたはずの15歳の少年のかわりに」と言っているではないか。この「かわりに」が示唆する代行関係こそ、二人がメタファー関係にあることをなによりも雄弁に物語っている。

ところでこのナカタさんのセリフには、別の重要性がある。予言とは逆のベクトルを持つ反復となっているからだ。カフカ少年が父親から受けた呪いのような預言について、すでにそれが反復構造を持つことを語った。一度目に言われたことが二度目に起こることで予言は完結する。二度目に何も起こらなければ、一度目の言葉は流言飛語のたぐいになる。そしてそれとは逆のベクトルを持つ反復とは、一度目に出来事が起こり、二度目にその出来事が言葉によって繰り返される、ということだ。実生活でも、「意図されぬ反復」によって、単なる偶然が偶然ではなくなることをフロイトの差し出した説明とともに確認したではないか。そのような反復によって発生する意味のベクトルを、小説家は黙ったまま物語で行使する。そしていま、ナカタさんの「しかしジョニー・ウォーカーさんに導かれて、ナカタはそこにいたはずの15

歳の少年のかわりに、ひとりのひとを殺したのであります」というセリフが、まさに一度目として起こった殺人という出来事に対する二度目としての言葉による反復になっている。一度目の出来事を二度目に言葉で繰り返すこと。そのとき、小説家は意味のバイアスをその言葉に付加する。そうして付加されたバイアスが、「そこにいたはずの15歳の少年のかわりに」にほかならない。というのも、一度目として起こった殺人の現場に、少年がいたなどという記述も描写も一切なかったからだ。その場面を見てみよう。

「ジョニー・ウォーカーさん」とナカタさんは腹の底から絞り出すような声で言った。「お願いです。こんなことはもうよしてください。これ以上続けば、ナカタはおかしくなってしまいそうです。ナカタはもうナカタではないような気がするのです」

ジョニー・ウォーカーはミミ〔ナカタさんが探していた猫〕を机の上に寝かせ、例によってゆっくりと、その腹の上にまっすぐ指を這わせた。〔…〕

ジョニー・ウォーカーは机の上からまだ使っていない新しいメスを取り上げ、指先でその刃の鋭さを確かめた。それから試し切りをするみたいに、自分の手の甲をそのメスですっと切った。少し間があって、それから血がこぼれた。〔…〕血はミミの身体の上にも落ちた。ジョニー・ウォーカーはくすくすと笑った。「人が人ではなくなる」と彼は繰り返した。「君が君ではなくなる。それだよ、ナカタさん。素敵だ。なんといっても、それが大事なことなんだ。『ああ、おれの心のなかを、さそりが一杯はいずりまわる！』、これもまたマクベスの台詞だな」

ナカタさんは無言で椅子から立ち上がった。誰にも、ナカタさん自身にさえ、その行動を止めることはできなかった。彼は大きな足取りで前に進み、机の上に置いてあったナイフのひとつを、迷うことなくつかんだ。ステーキナイフのような形をした大型のナイフだった。ナカタさんはその木製の柄を握りしめ、刃の部分をジョニー・ウォーカーの胸に根もと近くまで、躊躇なく突き立てた。〔…〕

「そうだ、それでいい」とジョニー・ウォーカーは叫んだ。〔…〕その血は机の上に落ち、ナカタさんの着ているゴルフウェアにもかかった。ジョニー・ウォーカーもナカタさんも全身血だらけになっていた。机の上に横たわったミミも血だらけだった。

気がついたとき、ジョニー・ウォーカーはナカタさんの足もとに倒れて死んでいた。〔…〕ナカタさんはナイフから手を離した。〔…〕頭が重くかすんでいる。ナカタさんは大きく息をついて、目を閉じた。意識が薄れ、そのまま無明の暗闇の中に沈み込んでいった。

（第16章）

中略を多用しても長い引用になったが、この刺殺場面のどこにも、その現場に少年がいたという言及はない。つまり、一度目に起きた出来事には、少年は居合わせていない。しかし二度目にその場面が言葉で反復されるとき、「そこにいたはずの15歳の少年のかわりに」という意味操作のためのバイアスが付与される。それを付与したのは、当然、小説家である。正確には、村上春樹に操られた語り手にほかならない。その証拠に、たとえ刺殺現場に少年がいたとして、ナカタさんはどうしてその少年が「15歳」だとわかるのか。それを知っているのは、作者と語り手である。つまり反復によって付与されたこのセリフは、まぎれもなく小説家の意図を託された言葉であり、なるべく気づかれないようにそっと置かれた意味のバイアスにほかならない。そしてこの一言によって、「そこにいたはず」のカフカ少年の「かわりに」その父親を殺すナカタさんは、カフカ少年とメタファー関係に入る。そしてナカタさんとカフカ少年がメタファー関係を介して共同して行なった刺殺事件を分け持つように、ナカタさんが全身に浴びたはずの血が、意識を取りもどしてみると、衣服のどこにも付着しておらず、図書館からの帰路にある神社の境内で四時間ほど気を失っていた少年が意識を取りもどしたとき、そのシャツにべっとり付着している。血の委譲と分有。この血の移動じたい、父親殺しがメタファー関係にある二人の共同作業として遂行されたしるしとなっている。

その意味で、『海辺のカフカ』とは、最終的に、ナカタさんとカフカ少年のメタファー関係によって父親殺しの予言を共同で遂行する物語なのだ。そして母親との近親相姦の予言もまた、すでに見たように、小説家はメタファー関係を介在させて実現している。それゆえ『海辺のカフカ』は、オイディプスにまつわる神話と物語を、メタファーを用いて現代に書き換えた小説と言えるだろう。

あとから語ること　量子論的な不可能性の回避

しかし同時に、村上春樹はこの父親殺しを描く際に、巧妙にひとつのリスクを回避している。それは

『ねじまき鳥クロニクル』で小説家が逢着した量子論的なリアリティーにほかならない。主人公の「僕」が同時に「区営プール」と「井戸の底」にいる問題である。人は同時に二つの場所にいられるのか。このリアリズムの臨界点は、『海辺のカフカ』では、四国・高松にいながら少年は同時に東京にいる父親を刺殺できるかという問題へと変奏されている。その問題に、村上春樹は「地下鉄サリン事件」以降、いま見たように、メタファーとそこから可能になる反復という方法で立ち向かう。その際、二つの世界が同時に成り立たないように見せるために、村上春樹はひとつの設定を施す。カフカ少年に、高松の神社の境内で四時間ものあいだ気を失わせるのだ。そして反復としてナカタさんが語るのは、そのとき少年は刺殺現場にいたということである。結果、少年は気を失って、自分の居場所もわからない状況下で、刺殺現場にいる姿をナカタさんに目撃され、それをあとから語られる。正確にいえば、ナカタさんがあとから語るとき、はじめてカフカ少年が刺殺現場にいたことになるのだ。それまでは、カフカ少年の居場所は決まらない。いわば、高松にいる状態と東京にいる状態の重ね合わせ状態にある、とでも言うべきか。実験装置の箱を開けてみるまで、猫がなかで死んでいるのか生きているのか決まらず、箱を開けたとたん、猫がどちらの状態か遅れて決まる(量子論では収縮するとか収束する、という)シュレディンガーの思考実験とまさに同じではないか。あとからナカタさんが語ることが、事象の収縮に相当している。その語りで、カフカ少年が刺殺現場にいたことが確定する。もちろん、そのように仕組んだ(あとから語らせた)のは作者であり、それが一人の人間が同時に二つの場所にいないように見せるための詐術であり、リアリズムの圏域にとどまるための技術にほかならない。その意味で、『ねじまき鳥クロニクル』はシュレディンガーの思考実験の箱のなかの状態に対応し、『海辺のカフカ』はその箱をナカタさんという観察者が開けた状態に対応している、と言えるかもしれない。

意識を取りもどしたとき、カフカ少年は血まみれのシャツを着ていることに気づき、助けを求めて、長距離バスでいっしょになったさくらさんを思い出す。別れ際、何かあったらと携帯の番号を渡されていたのだ。

「こんなにひどいのは初めてなんだ。今回のは……僕が意識をなくしたいきさつもぜんぜんわからないし、意識をなくしているあいだになにをやったのかもまるで思いだせない。すっぽりと記憶が抜け落ちているんだ。これまではそんなひどいことはなかった」

彼女は僕がリュックから出したTシャツを見る。洗い落とせないままそこに残っている血のあとを、細かく点検する。〔…〕

「ねえ、さくらさん、僕はとても怖いんだ」と僕は正直に心を打ち明ける。「どうしていいかわからないくらい怖い。記憶を奪いとられているその4時間のうちに、僕はどこかで誰かを傷つけたかもしれない。自分がなにをしたかまったく覚えていない。でもとにかく血だらけになっている。もし僕が実際に犯罪にかかわっていたとしたら、たとえ記憶が失われていても、僕は法律からいえば責任をとらなくてはならないはずだ。そうだよね？」

（第11章）

記憶を失うことで、そのときカフカ少年はどこかにいる自覚をも失っている。気を失った身体はおそらく高松の神社の境内にあるのだろうが、その意識もない以上、いわば、いかなる世界からも締め出されている。『ねじまき鳥クロニクル』の「僕」がはっきり意識を持ったまま「区営プール」にいながら「井戸の底」にもいたのとは異なる。小説家は、ナカタさんとメタファー関係を結ばせたカフカ少年から、刺殺事件が行われたその時間、意識を完全に奪うことで、量子論的なリアリズムの不可能性を回避する。

しかしそれは、村上春樹の小説からこの問題が消えるということではない。あらかじめ先を遠望すれば、『1Q84』では、1984年の世界に対し1Q84年の世界が存在するし、『騎士団長殺し』では、物語内の通常の現実世界に対し、地下の「二重メタファー」の世界が存在する。ただ、「地下鉄サリン事件」以降、そうした多世界への向き合い方が変わるのだ。正面から二つの世界に向き合ったのが『ねじまき鳥クロニクル』だとすれば、以降、そこにメタファー構造が小説家によって導入される。その変化のちょうど中間に、『アンダーグラウンド』に収められた「目じるしのない悪夢」で語られる視点があって、それが以降の長篇小説を牽引する物語の方法（それを物語論と呼んでいる）になっていく。

そして最後に、一つの疑問が残る。われわれは、偶数章で主人公が移動の果てにメタファーに行き着き、物語が大団円をむかえることを確認したが、その移動とメタファーの関係は、移動した先でメタファー関係に接続したとしか言いようがない。『海辺のカフカ』はそのように書かれているのだが、どうしてメタファーは移動を呼び寄せるのか。その親和性、つまり移動とメタファーに何らかのつながりや関係性があるとすれば、それはまだ疑問のままである。メタファーを、村上春樹が「地下鉄サリン事件」をきっかけに向き合わざるを得なくなった「まっとうな力を持つ物語」に用いて、自分なりの小説家としての責任の取り方を示したことは見てきたが、はたして、メタファーと移動をめぐる関係は、いったいどのようなものになるのだろうか。予告的に言えば、われわれはこの問題に第9章でふたたび向き合うことになる。

第6章

1Q84年あるいは月が二つ浮かぶ世界

——『1Q84』を読む❶

はじめに

『1Q84』は三巻から構成されていて、BOOK1とBOOK2の奇数章では、青豆という変わった名前のヒロインを中心に物語が進み、その偶数章では天吾という青年を中心に物語が展開する。そしてBOOK3では、新たに牛河という探偵もどきの男が加わり、いわば三つの視点から物語を複雑にしつつ、大団円にむかう。当初、奇数章と偶数章に接点はないように見えるが、天吾と青豆が小学校の同級生であることがやがて明かされ、離ればなれの状況ではあるものの、互いに密かに求め合っていることまでわかる。しかし二人はそれぞれ相手にどうやったら会えるか、などと考えることもできない状況に置かれている。青豆はひょんなことからリクルートされ、女性にとって許せない人間を秘密裏に殺す仕事を引き受けている。天吾は予備校で数学の講師をしながら、小説を書くことを目指していて、物語が複雑になるのは、そこに「さきがけ」と呼ばれる農業コミューンがかかわってくるからだ。正確には、「さきがけ」は二つに分派する。穏健派は「さきがけ」としてそのまま当初の村落に残り、武闘派は「あけぼの」と名乗り、本栖湖近くの山中で警官隊と銃撃戦を引き起こす。そして「さきがけ」の方は宗教化していき、リトル・ピープルと呼ばれる謎の存在の声を聴くことのできる男を教祖にした秘密の教団となっている。青豆と天吾がつながるのは、一方が、幼女を性的対象にしている教祖を殺しに行き、他方が、教団を抜け出した教祖の娘（ふかえりこと深田絵里子である）の、新人賞に応募した作品のリライトを編集者に依頼されるからだ。二人がつながるといっても、その時点で二人が出会うわけではない。読者に、そうした関係性がわかるということだ。結果、教祖は自ら承知の上で青豆に殺してもらい、ふかえりはリライトされた『空気さなぎ』という作品で新人賞を獲得する。そこには教団内の奇妙な出来事が、しかし細部にいたるまでリアルに描かれていた。そしてBOOK3に、教団から依頼された牛河という男が新たに加わり、三つどもえの物語を展開する。教祖を殺したあと身を隠す青豆は、そうした困難のなかで天吾とどのように出会うのか。それが『1Q84』のおおよその物語である。

1984年と1Q84年

しかしまだ、物語の起こる1984年とタイトルになる1Q84年について語られていない。最初にその違いに気づくのは青豆で、彼女は図書館で三年前の新聞を調べ、どうやら自分はこれまでとは異なる世界にいるのではないか、と思いはじめる。青豆は当初、自分は「パラレル・ワールド」にいるのではないかと考え、すぐさま「これじゃサイエンス・フィクションになってしまう」と打ち消し、「パラレル・ワールドというような突拍子もない仮説を持ち出して、自分の狂気を強引に正当化しようとしているだけではないのか」と自分の方を疑いもする。そうして「この世界が本当に入れ替わってしまったのだとしたら、その具体的なポイントの切り替えは、いつ、どこで、どのようにおこなわれたのだろう?」と自問し、ついに思い当たる。

数日前、渋谷のホテルの一室で油田開発の専門家を処理した日だ。首都高速道路三号線でタクシーを乗り捨て、非常階段を使って二四六号線に降り、ストッキングをはき替え、東急線の三軒茶屋の駅に向かった。その途中で青豆は若い警官とすれ違い、その見かけがいつもと違うことに初めて気づいた。それが始まりだった。とすれば、おそらくその少し前に、世界のポイントの切り替えがおこなわれたということになる。その朝自宅の近くで見かけた警官は見慣れた制服を着て、旧式のリボルバーを携行していたのだから。

（BOOK1・第9章）

青豆は首都高速の渋滞で動かないタクシーを降り、非常階段から下に降りる前と後で、世界のポイントが切り替わったのではないかと思い当たる。しかも高速でタクシーを降りようとする青豆に、運転手はまるで小説家を代弁するかのように、「そういうことをしますと、そのあとの日常の風景がいつもとは少し違って見えてくるかもしれません。でも見かけにだまされないように。現実というのは常にひとつきりです」と告げるのだ。小説家の代弁だというのは、この運転手の言葉どおり、そのあと青豆には世界が違って見えてくるからで、しかも、「現実というのは常にひとつきりです」という運転手のセリフが、これからその一つのはずの現実が一つではなくなる、という予告的な示唆にもなっているからである。『海辺のカフカ』が物語内の現実世界に、いわばファンタジスムの世界をつなげたとしたら、『1Q84』は、物語の現実世界のうちに、もう一つの現実世界を作り上げたと言えるかもしれない。しかしその言い方は正確ではない。物語のなかに村上春樹が二つの現実を作り上げたことはまちがいないが、物語の分量から見れば、圧倒的に、青豆がもう一つの世界と感じる現実(それが1Q84年と呼ばれる)の方が多くのページを占めるからだ。


1Q84年――私はこの新しい世界をそのように呼ぶことにしよう、青豆はそう決めた。

Qはquestion markのQだ。疑問を背負ったもの。

彼女は歩きながら一人で肯いた。

好もうが好むまいが、私は今この「1Q84年」に身を置いている。私の知っていた1984年はもうどこにも存在しない。

(BOOK1・第9章)


だからこの物語には、その「1Q84年」と名づけられた世界からの脱出という物語のベクトルも生じているのだが、「地下鉄サリン事件」以降の長篇小説にメタファーという要素を見立てているわれわれにとって、いったい村上春樹はどのように『1Q84』を構築するのか。はっきり言えば、メタファーをその根幹にどう据えているのか、いないのか。

メタファーとしての1Q84年

たしかに『1Q84』では、『海辺のカフカ』ほど顕著にメタファーが物語の構築にかかわっているようには見えないものの、この小説の根幹には、メタファー的な特質が認められる。それは「1Q84年」の世界がパラレル・ワールドではない、とホテルの一室で「さきがけ」のリーダーから青豆が聞かされるとき、はからずも明らかとなる。

男は肩を小さく震わせて笑った。「君はどうやらサイエンス・フィクションを読みすぎているようだ。いや、違う。ここはパラレル・ワールドなんかじゃない。あちらに1984年があって、こちらに枝分かれした1Q84年があり、それらが並列的に進行しているというようなことじゃないんだ。1984年はもうどこにも存在しない。君にとっても、わたしにとっても、今となっては時間といえばこの1Q84年のほかには存在しない」

「私たちはその時間性に入り込んでしまった」

「そのとおり。我々はここに入り込んでしまった。あるいは時間性が我々の内側に入り込んでしまった。そしてわたしが理解する限り、ドアは一方にしか開かない。帰り道はない」

「首都高速道路の非常階段を降りたときに、それが起こったのね」と青豆は言った。〔…〕

「場所はどこでもかまわない」と男は言った。「君にとってはそれは三軒茶屋だった。〔…〕ここではあくまで時間が問題なんだ。言うなれば線路のポイントがそこで切り替えられ、世界は1Q84年に変更された」

〔…〕

「そしてこの1Q84年にあっては、空に月がふたつ浮かんでいるのですね？」と彼女は質問した。

「そのとおり。月は二つ浮かんでいる。それが線路が切り替えられたことのしるしなんだ。〔…〕しかしここにいるすべての人に二つの月が見えるわけではない〔…〕」

（BOOK2・第13章）

「ここは君の知っている1984年ではない」とリーダーに言われ、青豆は、「パラレル・ワールドのようなもの？」と訊き返す。それに対しリーダーは、「あちらに1984年があって」、「こちらに枝分かれした1Q84年があり、それらが並列的に進行しているというようなことじゃない」ときっぱり否定している。二つの世界が並行しているのではない。1984年の世界が1Q84年の世界に切り替わり、時間もまた1Q84年のほかには存在しないというのだ。そのあり方が、まさに直喩（明喩）に対するメタファー（隠喩・暗喩）の関係になっている。1Q84年は1984年のようだ、というように「ようだ」で結べば、そこに直喩が成り立つ。〈喩えられるもの〉と〈喩えるもの〉が「ようだ」を介してパラレルに並んでいる。これに対し、メタファーが成り立つには、すでに見たように、〈喩えるもの〉が〈喩えられるもの〉を隠し、言表には〈喩えられるもの〉が姿を見せないようにしなければならない。人の命をロウソクの火でメタファー的に表現する場合、人の命は言表には現れず、ただロウソクの火がいまにも消えようとしている、など言って人の命が尽きようとしていることを意味することになる。その〈喩えられるもの〉と〈喩えるもの〉の関係が、１９８４年と１Ｑ８４年の関係と同じなのだ。１Ｑ８４年はメタファーとして１９８４年を隠している。言表に出てくるロウソクの火が人の命を隠しているように。リーダーが「言うなれば線路のポイントがそこで切り替えられ、世界は１Ｑ８４年に変更された」と強調するのはそのようなことだ。二つの世界が直喩構造のように並んであるわけではない。一つの世界しか存在しないのだ。メタファーにおいて、言表には〈喩えるもの〉しか存在しないように、物語の言表には１Ｑ８４年しか存在しない。

とはいえ、物語の表舞台になる１Ｑ８４年が１９８４年とまるで異なるかというと、そうではない。青豆には、その違いが警察官の服装や所持する拳銃の変化によって明らかになるが、それは青豆が最初に気づく微差にすぎない。概ねは１９８４年の世界を引き継いでいるが、厳密には同一ではない。そしてそのこともまた、メタファーの構造と同じなのだ。そもそもメタファーが成り立つには、〈喩えられるもの〉と〈喩えるもの〉のあいだに、それらが別々でありながら、同じ意味を託せるだけの共通性がなければならない。その意味で、メタファーには差異と同一が同時にふくまれている必要がある。人の命はロウソクの火と別物でありながら、そこに長短の差があってもいずれ消滅する、という共通性によって、ロウソクの火は人の命のメタファーになることができる。異なるものを、いわばそのなかの同一性によって結びつけるのがメタファーなのだ。そして1Q84年が1984年とのあいだにメタファー関係を結ぶとすれば、それらは別々のものでありながら、意味としては同一性を発揮しなければならない。だから1Q84年は切り替えられた線路のポイントのように1984年を引き継ぐのだ。

物語にとって危険な場所

ところで、どんな小説にも危険な場所が潜んでいる。危険な場所とは、その小説に必要なことを小説家が無理を承知で忍ばせておかねばならないような個所である。小説家からすれば、読者が何も気づかずにそこを読み進んでくれることを願うような場所と言える。そのような個所が『1Q84』のなかにも存在する。BOOK1の第10章の最後の部分がそのような個所だ。新人賞へのふかえりの応募作を書き直そうとした天吾が、彼女の身元を引き受けている戎野先生に会い、応募作の背景になった事情を聞く場面の最後の個所であり、そこで天吾が聞かされるのは、ふかえりの両親が参加していた農業コミューン「さきがけ」から分裂した過激な分派コミューン「あけぼの」が引き起こした銃撃戦のことである。どうしてその個所が危険かといえば、それを語る第10章に先立つ第9章で、青豆が自分の記憶にはまったくないその事件のことを、図書館の新聞で「山梨山中で過激派と銃撃戦　警官三人死亡」という太字の見出しとともに確認しているからだ。

　つまり、それまで青豆の物語を読んできた読者にとっては、青豆がわざわざ図書館まで足を運んで銃撃戦の事実を確かめたのは、彼女自身が、警官の携帯する銃も身につける服装も変わってしまったことに違和感を覚え、その理由を確かめに、その原因となったと言われる事件を知ろうと図書館で過去の新聞に目を通していることが、分かっている。その新聞で、青豆は事件について初めて知るのだ。社会で起こっていることに敏感なはずの青豆がそれほどの騒ぎになった銃撃戦を知らないのは、それが1984年の世界ではなく、彼女が入り込んだ1Q84年の世界で起こった出来事だからで、逆にいえば、このとき、青豆は警官の身につける銃と制服の変化から、自分がこれまでとは異なる世界に足を踏み入れてしまったことにはっきりと気づくのである。「私の知っていた1984年はもうどこにも存在しない」というように。

　そしてつづく第10章の場面では、天吾はまだ自分が1Q84の世界にいることを知らない。と同時に、小説家からすれば、天吾のいる世界がすでに1Q84年の世界になっていることをこの時点ではできるだけ曖昧にしておきたい。というのも、それを初めて天吾が知る場面をBOOK2に二つの月とともに用意しているからだ。物語を構築する側からすれば、青豆と天吾のあいだで、同じ1Q84の世界にいることに気づく瞬間に時間差を設けておきたい。しかし読者は、「さきがけ」から分派した「あけぼの」が一九八一年十月十九日に山梨山中で銃撃戦を引き起こしたことを、すでに第9章で青豆とともに知っている。だから、天吾が戎野先生から銃撃戦を聞かされるこの場面を第10章でどう書くかが、小説家にとって重要となり、書き方をしくじれば、天吾がすでに1Q84年の世界にいることが本人にも読者にもあらわになってしまう。それゆえ危険な場所と言ったのだ。その個所を、村上春樹はＢＯＯＫ１・第10章に読者をはぐらかすようにこう書いている。

「『さきがけ』が分裂したのは一九七六年のことだ。エリが『さきがけ』から脱出し、うちにやってきたのはその翌年だった。そしてその頃から、分派コミューンは『あけぼの』という新しい名前を持つようになった」

天吾は顔を上げ、目を細めた。「ちょっと待って下さい」と彼は言った。あけぼの。その名前にもはっきり聞き覚えがある。しかし記憶はなぜかひどく漠然としてとりとめがなかった。彼が手で探りとれるのは、事実らしきもののいくつかのあやふやな断片だけだった。「ひょっとしてその『あけぼの』というのは、少し前に大きな事件を起こしませんでしたか？」

「そのとおりだ」と戎野先生は言った。そしてこれまでになく真剣な目を天吾に向けた。「本栖湖近くの山中で警官隊と銃撃戦を起こした、あの有名な『あけぼの』のことだよ。もちろん」

銃撃戦、と天吾は思った。そんな話を耳にした覚えがある。大きな事件だ。しかしなぜかその詳細を思い出すことができない。ものごとの前後が入り乱れている。無理に思い出そうとすると、身体全体を強くねじられるような感覚があった。まるで上半身と下半身がそれぞれ逆の方向に曲げられているみたいだ。頭の芯が鈍く疼《うず》き、まわりの空気が急速に希薄になっていった。水の中にいる時のように音がくぐもった。今にもあの「発作」が襲ってきそうだ。

（ＢＯＯＫ１・第10章）

ここで、小説家は困難に逢着している。第9章で青豆がすでに1Q84の世界にいることを書いてしまっているのに、この第10章では、まだ天吾を1Q84の世界にいるのか1984の世界にいるのか、はっきりさせたくはないからだ。あとから振り返れば、このとき天吾が1Q84の世界にいることは明らかだ。だがこの時点で、それを小説家は本人にも読者に対してもはっきり気づかせたくはない。作者が逢着している困難とは、そのような二律背反にほかならないが、それが、天吾の記憶にかかわる矛盾として差し出されている。天吾は「あけぼの」の「名前」を「はっきり聞き覚え」ているのに、「記憶」は「ひどく漠然としてとりとめがな」い。天吾は「銃撃戦」の「話を耳にした覚えがある」のに、「詳細を思い出すことができない」。おまけに「ものごとの前後が入り乱れて」さえいる。小説家は堂々と二律背反の書き方をしている。名前をはっきり覚えているのに、ひどく漠然としている記憶とは、どういうものなのか。事実としては矛盾するのに、言葉の上では読んでそれなりに納得することができる。というのもそこには二度にわたって、巧妙な修辞《レトリック》が使われているからだ。こちらが傍点をふって二つ並べた逆説に注意して、読み直してみよう。

あけぼの。その名前にもはっきり聞き覚えがある。しかし記憶はなぜかひどく漠然としてとりとめがなかった。

大きな事件だ。しかしなぜかその詳細を思い出すことができない。

どちらの場合も、矛盾を、いわば緩衝材として小説の地の文に軟着陸させているのは「しかしなぜか」という表現である。矛盾は承知している、しかしその理由はなぜかわからない。そうした書き方になるのは、読者に何も気づかれずにすませたいからだ。小説家はここで、なぜかはわからないが、とあえて断った上で、背反するような言辞を書き付ける。そればかりではない。天吾自身にも、その矛盾を追及させないようにしている。「無理に思い出そうとすると、身体全体を強くねじられるような感覚があった。まるで上半身と下半身がそれぞれ逆の方向に曲げられているみたいだ」とあるではないか。この「ねじられる」感覚、「逆の方向に曲げられている」感覚こそ、矛盾を受けとめた身体であって、その先にはいつものように、「まわりの空気が急速に希薄にな」り、「水の中にいる時のように音がくぐも」る例の「発作」が小説家によって天吾に用意される。つまりそれ以上、小説家は天吾に矛盾について考えさせないのだ。考えさせれば、天吾はいまいる世界が１９８４年の世界ではないことに気づいてしまうかもしれない。そのために、小説家は天吾に「発作」の予感をあたえる。青豆と天吾が時間差なくこれまでとは別の世界にいることに気づけば、ＢＯＯＫ２の後半に用意する天吾が初めて自分のいる世界に気づく場面が台無しになってしまうからだ。そのための時間差を、この引用した個所は密かに用意している。

月が二つ浮かぶ世界を描く天吾

ところで、ホテルの一室で殺される前に「さきがけ」のリーダーが、「空に月がふたつ浮かんでいる」世界を指して1Q84年の世界に切り替わった「しるし」だと言っているが、これは『1Q84』の構築方法を考える上できわめて重要な示唆である。というのも、この小説の主要な場面にことごとく月がかかわっていて、村上春樹はそこでメタファーにひそむ力を小説に利用しているからだ。そこで、月にかかわる場面を見ていこう。まずは青豆が初めて二つの月に気づく場面である。

でもそのうちに、彼女が今目にしている夜空が、普段見ている夜空とはどこかしら異なっていることに気づいた。何かがいつもとは違っている。微かな、しかし打ち消しがたい違和感がそこにはある。

どこにその違いがあるのか、思い当たるまでに時間がかかった。そしてそれに思い当たったあとでも、事実を受け入れるのにかなり苦労しなくてはならなかった。視野が捉えているものを、意識がうまく確証できないのだ。

空には月が二つ浮かんでいた。小さな月と、大きな月。それが並んで空に浮かんでいる。大きな方がいつもの見慣れた月だ。満月に近く、黄色い。しかしその隣りにもうひとつ、別の月があった。見慣れないかたちの月だ。いくぶんいびつで、色もうっすら苔が生えたみたいに緑がかっている。それが彼女の視野の捉えたものだった。

（BOOK1・第15章）

この二つの月によって、青豆は自分がこれまでとは別の世界にいることを否定しようもなく自覚し、「間違いなく何かが起こりつつある」と感じる。『1Q84』の物語のなかの現実世界で、これが初めて空に月が二つあることが認識される場面であり、その意味で、物語が抜き差しならない状況へと向かっている合図になっているのだが、小説家はその前に、周到に一つの仕掛けを物語に施している。物語の現実世界ではないものの、つまりは物語のなかの物語世界でのことだが、作者は「月が二つになる」世界を用意していた。それは、ふかえりが新人賞に応募して、天吾が編集者・小松の指示で書き直した『空気さなぎ』という「物語内物語」という体裁をとって言及される。それは小松から「もっと細かく具体的に描写してもらいたい」と注文されることからわかるように、ふかえりの原作にない細部を、天吾が書き加えることになるのだが、要は、『空気さなぎ』という物語のなかに二つの月が登場していて（第14章でのことだ）、それを受けての第15章で、青豆は初めて二つの月に気づく。その連繫こそ、小説家の技術のうちにあるものと言ってよい。『空気さなぎ』への加筆を、小松は一つ前の章でこんなふうに天吾に求めていた。

「今も言ったように、君の『空気さなぎ』の書き直しは完璧に近い。たいしたものだ」と小松は話を続けた。「ただし一ヵ所だけ、ただの一ヵ所だけ、できることなら書き直してもらいたいところがある。今じゃなくてもいい。新人賞のレベルではあれで十分だ。賞をとって、雑誌掲載になる段階であらためて手を入れてくればいい」

「どんなところですか？」

「リトル・ピープルが空気さなぎを作り上げたとき、月が二つになる。少女が空を見上げると、月が二つ浮かんでいる。その部分は覚えているよな？」

「もちろん覚えています」

「俺の意見を言わせてもらえれば、その二つの月についての言及が十分ではない。書き足りない。もっと細かく具体的に描写してもらいたい。注文といえばその部分だけだ」

「たしかに描写がいくぶん素っ気ないかもしれません。ただ僕としては、あまり説明的になって、ふかえりの原文が持っている流れを崩したくなかったんです」

小松は煙草をはさんだ手を上にあげた。「天吾くん、こう考えてみてくれ。読者は月がひとつだけ浮かんでいる空なら、これまで何度も見ている。そうだよな？　しかし空に月が二つ並んで浮かんでいるところを目にしたことはないはずだ。ほとんどの読者がこれまで目にしたことのないものごとを、小説の中に持ち込むときには、なるたけ細かい的確な描写が必要になる。省いてかまわないのは、あるいは省かなくてはならないのは、ほとんどの読者が既に目にしたことのあるものごとについての描写だ」

「わかりました」と天吾は言った。小松の言い分はたしかに筋が通っている。「そのふたつの月が出てくる部分の描写は、もっと綿密なものにします」
（BOOK1・第14章）

これが、『1Q84』で初めて月が二つあることに言及される個所だが、その出所はこの物語のなかのもう一つの物語『空気さなぎ』においてである。編集者の小松が言うところによれば、「二つの月についての言及が十分ではない」。「書き足りない」とも指摘し、「もっと細かく具体的に描写」をするよう天吾に応募作『空気さなぎ』への加筆を要求する。天吾もまた、「たしかに描写がいくぶん素っ気ないかもしれ」ないと認め、最終的に小松の意向を受け入れる。このことが何を意味しているかといえば、『空気さなぎ』の原文には、二つの月は出てきているが、そこには具体的な描写や説明が欠けているということだ。つまり、その時点で、ふかえりとおそらくは教祖を除いて、だれも二つの月を見たこともないし知らないのだ。その欠けている二つの月の具体的形状を「十日かけて」作品に付与したのは、天吾だということになる。逆に言えば、どのような加筆がなされたかは、天吾しか知らない。

そしてその『空気さなぎ』に加筆された描写じたいが、『1Q84』の世界に浸透する。そのことがはっきりするのは、天吾が初めて空に二つの月を見るとき、それが自分の加筆した描写とまったく同じだと気づくからだ。BOOK2の第18章と第20章にまたがって、そのひとつづきの場面は描かれている。

考えてみれば、こんな風に月をしげしげと眺めるのはずいぶん久しぶりのことだな、と天吾は思った。この前月を見上げたのはいつのことだったろう。〔…〕

それから天吾はその月から少し離れた空の一角に、もう一個の月が浮かんでいることに気づいた。最初のうち、彼はそれを目の錯覚だと思った。〔…〕しかし何度眺めても、そこには確固とした輪郭を持った二つめの月があった。彼はしばし言葉を失い、口を軽く開いたまま、ただぼんやりとその方向を眺めていた。自分が何を見ているのか、意識を定めることができなかった。輪郭と実体とがうまくひとつに重ならなかった。〔…〕

もうひとつの月?

目を閉じ、両方の手のひらで頬の筋肉をごしごしとこすった。いったいおれはどうしたのだろう、と天吾は思った。それほど酒を飲んだわけでもない。彼は静かに息を吸い込み、静かに息を吐いた。意識がクリアな状態にあることを確かめた。自分が誰で、今どこにいて何をしているのか、目を閉じた暗闇の中であらためて確認した。一九八四年九月、川奈天吾、杉並区高円寺、児童公園、夜空に浮かんだ月を見上げている。間違いない。

それから静かに目を開け、もう一度空を見上げた。冷静な心で、注意深く。しかしそこにはやはり月が二個浮かんでいた。

（BOOK2・第18章）

ひとつは昔からずっとあるもともとの月であり、もうひとつはずっと小振りな緑色の月だった。

〔…〕

天吾は握りしめていた右手のこぶしをほどき、ほとんど無意識に小さく首を振った。これじゃ

『空気さなぎ』と同じじゃないか、と彼は思った。空に月が二つ並んで浮かんでいる世界。ドウタが生まれたとき、月は二個になる。

「それがしるしだぞ。空をよく注意して見てるがいい」とリトル・ピープルは少女に言った。

その文章を書いたのは天吾だった。小松のアドバイスに従って、その新しい月についてできる限り詳細に具体的に描写した。彼がもっとも力を入れて書いた部分だ。そして新しい月の形状はほとんど天吾が自分で考えついたものだった。〔…〕その新しく加わった月は、まったくのところ、天吾が思いつきで描写したとおりの大きさと形状を持っていた。比喩の文脈までほとんどそっくりだ。

（BOOK2・第20章）

天吾が『空気さなぎ』に自分の「思いつきで描写したとおりの」二つめの月が、『1Q84』の世界に出ている。このことは二つの可能性を示している。一つは、「さきがけ」で先行して起こったことを、天吾がそっくり言い当てるように『空気さなぎ』で加筆描写したという可能性。二つ目は、「さきがけ」で起こったことは先行しているものの、描写されていないかぎり、月の具体は決まっておらず、言葉としては存在していない、だから『空気さなぎ』で加筆された詳細な描写によって初めて二つの月の具体的な形状が決まり、結果として、それが『1Q84』の世界に浸透したという可能性。そして小説読みは前者の可能性を採らない。なぜなら、言い当てたとしたら、単に天吾の想像力の透視力やら予言性を肯定することにしかならず、そのことが物語を破壊してしまうからだ。たとえば、それだけの透視力が天吾にあるのなら、青豆がどこにいるかくらい簡単に察知できるだろう、等々の推測が可能になり、物語じたいの成立をはばんでしまう。

この物語を壊さないようにするには、後者の可能性に立つほかない。つまり、『空気さなぎ』に天吾が加筆した描写が『1Q84』の世界を形づくっているのだ。しかも天吾はその加筆した二つ目の月の形状を、青豆が二つ目の月に気づくページより遅れてあとで口にする必要がある。天吾は、「自分で考えついたもの」が目の前に出現していて、「あり得ない」と驚愕する。「比喩の文脈までほとんどそっくりだ」と天吾が口にすることじたい、『1Q84』の世界は加筆された『空気さなぎ』によってつくられていることを示している。それを、村上春樹は「あれはフィクションの世界なのだ。現実には存在しない世界だ。ふかえりがアザミに夜ごと物語り、天吾がそこに文章の肉付けをおこなった幻想の物語の世界なのだ」と天吾に言わせ、「ここは小説の世界なのだろうか？　おれはひょっとして、何かの加減で現実の世界を離れ、『空気さなぎ』の世界に入り込んでしまったのだろうか」と自問さえさせている。

そして細かいことを言えば、BOOK1・第15章で、青豆が初めて見る二つの月のうちの「小さな月」が「色もうっすら苔が生えたみたいに緑がかっている」ことからも、天吾の描いた「小振りな緑色の月」と同じなのだから、『空気さなぎ』で具体的に加筆された月の描写が青豆も身を置く世界に浸透していて、天吾と青豆が同じ1Q84年の世界にいることが読者にもわかるのだ。天吾は「十日」かけて『空気さなぎ』を完成させているので、青豆がその描写と同じ緑がかった月を見たのは、だからおそらくその「十日」が過ぎてから、ということになる。

こうしたことをどう理解したらいいのだろうか。「地下鉄サリン事件」からの物語論ということで、メタファーに注目してきたわれわれには、この二つの物語のあいだに成り立つメタファー関係が見えている。『海辺のカフカ』を論じた際、その小説がソフォクレスの『オイディプス王』の「結果的なメタファー」として書かれている、と指摘したが、同じことが『空気さなぎ』と『１Ｑ８４』のあいだにも言える。二つの月に焦点を当てれば、『１Ｑ８４』は『空気さなぎ』の「結果的なメタファー」として書かれている。ただし、一つだけ決定的に異なる点がある。『オイディプス王』がソフォクレスによって先に書かれていたのに対し、『空気さなぎ』じたいは村上春樹が書いたものだ。しかも、『１Ｑ８４』とほぼ同時に着想されたと言うほかない。どっちが先かなど、小説家本人にしかわからないし、それを確かめることに意味があるわけではない。ただし、『空気さなぎ』へ加筆描写したあとで、天吾にとっての『１Ｑ８４』の世界で、加筆した詳細をなぞるような二つの月が出ていることを考えれば、『１Ｑ８４』は『空気さなぎ』の「結果的なメタファー」にほかならない。『１Ｑ８４』で、村上春樹は、メタファー関係を結ぶ物語をふたつとも自らつくったのだ。そこに、「地下鉄サリン事件」で獲得したメタファーの視点を維持しての、『海辺のカフカ』からの前進が刻まれている。見逃せないのは、そのあとの仕草である。

第7章
メタファーと物語のモーメント
──『1Q84』を読む❷

右手で強く左手を握る　物語のモーメント1

天吾が空に浮かんでいる二つの月に初めて気づく場面を前章で見たが、この個所は物語のなかに唐突に用意されているわけではない。小説家によって周到に準備されている。ではいったい村上春樹は、何をどう用意したのか。天吾が二つの月に気づく少し前のBOOK2・第14章で、ふかえりに「オハライをする」と誘われる場面である。気がつくと、天吾は「既に隅から隅までふかえりの中に入っていた」というかたちで、結果的に彼女と性行してしまう。

それからふかえりは右手を伸ばし、天吾の左手を握った。強くしっかりと、包み込むように彼女は天吾の手を握った。小さな爪が彼の手のひらに食い込んだ。

（BOOK2・第14章）

この性行中に、小説家は一つの仕掛けを施す。天吾は自らが「十歳で、小学校の教室にいた。それは本、物の時間で、本物の場所だった。本物の光で、本物の十歳の彼自身だった」(傍点・引用者)というように、ふかえりとの性行中に自分が十歳のときの教室を思い出している。そして気になるのは、記憶であるはずの過ぎ去った光景に対し、傍点で強調して紹介したように、村上春樹が「本物の」という形容をつづけざまに四度も繰り返している逸脱ぶりだ。その直後に「彼はそこにある空気を実際に吸い込み」とつづくが、この「実際に」もまた「本物の」と同じ効果を担っている。なぜなのか。小説家はこの思い出している光景を、記憶のはずなのに、そのとき進行中の性行と同じくらいリアルなものとしたいからだ。それはこんな場面である。

> 気がつくと彼〔天吾〕は十歳で、小学校の教室にいた。〔…〕教室にいるのは彼とその少女〔青豆〕の二人きりだ。〔…〕彼女はそんな偶然の機会を素早く大胆にとらえたのだ。あるいは彼女はずっとそんな機会を待ち続けていたのかもしれない。いずれにせよ、少女はそこに立ち、右手を伸ばして天吾の左手を握りしめていた。〔…〕少女の力があまりにも強すぎたということがある。
>
> (BOOK2・第14章)

ここで重要なのは、その教室で、十歳の青豆が「右手を伸ばして天吾の左手を握りしめていた」ことである。それも、少女の握り方が「あまりにも強すぎ」る、と記されている。ふかえりが「右手を伸ばし、天吾の左手を握った。強くしっかりと、包み込むように」とあるのと同じように、青豆もまた「右手を伸ばして天吾の左手を握りしめ」、これまた同じように「あまりにも強すぎ」るほど握っていたのだ。

ともに右手で天吾の左手を強く握ること。この同じ仕草によって、ふかえりと青豆はメタファー関係に置かれる。そしてメタファー関係にあることで、二人のあいだに、一種の力のモーメントが働くのだ。小説家は、そのとき生じるモーメントを物語に利用する。どういうことかと言えば、メタファー関係にある二者の一方にだけある属性や身振りが、もう一方に対し同じ属性や身振りを促すように働くということだ。メタファーの基礎になる共通性をもとに、一方に欠けているものを埋めてその共通性を維持しようと働く趨勢こそが、メタファーから生じる力のモーメントであって、小説家はこれを物語に用いる。

具体的にいえば、ともに右手で強く天吾の左手を握るふかえりと青豆にメタファー関係が成立すると、一方のふかえりと天吾のあいだに生じた性交という動きがメタファー関係を介して、他方の青豆と天吾にも波及していくということだ。メタファーに意識的な小説家なら、意図する方向にモーメントの力を働かせて、物語を操るだろう。つまり『1Q84』では、ふかえりと青豆のメタファー関係を利用して、ふかえりと天吾の性交から青豆と天吾の性交へと物語の動線が引かれる。そしてその動線は、『1Q84』の大団円を導く。

二人で月を見る　物語のモーメント2

そして天吾は、「オハライ」と呼ばれるふかえりとの性行をした翌日、ふかえりから「そのひとはすぐちかくにいるかもしれない」と言われ、さらに「そのひとについて思い出すことがいくつかある。役に立つことがあるかもしれない」(強調・作者)と付け加えられたことを反芻し、ひとり駅近くの店で酒を飲みながら、小学校の教室で青豆に手を握られた場面をあらためて思い起こす。それがまた、二つの月に天吾が気づく直前に置かれていて、周到に用意された場面になっている。「天吾は黒板を消すように意識をまっさらにし」て、「もう一度記憶を掘り起こ」すように「十歳の時」の光景を思い出す。とりわけ「視線に」意識を集中し、あのとき「青豆がそこで何を見ていたか。そして天吾自身が何を見ていたか」を思い起こそうとする。青豆に見つめられた天吾は、やがて目を逸らすのだが、そのとき天吾の視線が見ていたものに注意して読んでみよう。

天吾の手を握りしめながら、その少女は天吾の顔をまっすぐ見ていた。彼女はその視線をいっときも逸らさなかった。〔…〕彼にわかったのは、その少女の瞳がびっくりするほど深く澄み渡っていることだった。そんなに混じりけなく澄んだ一対の瞳を、彼はそれまで一度も目にしたことがなかった。透き通っていながら、底が見えないくらい深い泉のようだ。長くのぞき込んでいると、中に自分が吸い込まれてしまいそうだった。だから相手の目から逃れるように視線を逸らせた。逸らせないわけにはいかなかった。
彼はまず足もとの板張りの床を眺め、人影のない教室の入り口を眺め、それから小さく首を曲げて窓の外に目をやった。そのあいだも青豆の視線は揺らがなかった。〔…〕
天吾は息を止め、こめかみに指を当てて記憶をより深いところまでのぞき込もうとした。その今にも切れてしまいそうな意識の細い糸をたどっていった。
そう、そこには月があった。
まだ夕暮れには間があったが、そこには月がぽっかりと浮かんでいた。四分の三の大きさの月だ。〔…〕
ふと気がついたとき、青豆はもう天吾の目を見てはいなかった。その視線は彼が見ているのと同じ方向にむけられていた。青豆も彼と同じように、そこに浮かんだ白昼の月を見つめていた。天吾の手をしっかり握りながら、とても真剣な顔つきで。〔…〕
それから二十年が経過した。
月だ、と天吾は思う。
おれはそのとき月を見ていたのだ。そして青豆もやはり同じ月を見ていた。午後三時半のまだ明るい空に浮かんだ、灰のような色をした岩塊。〔…〕
天吾は勘定を払って「麦頭」を出た。そして空を見上げた。月は見当たらなかった。〔…〕

でもあてもなく歩いているうちに、近くに児童公園があったことを天吾は思い出した。〔…〕天吾は滑り台の上にあがり、そこに立って夜空を見上げた。公園の北側には六階建ての新しいマンションが建っていた。〔…〕天吾はぐるりとあたりを見回し、南西の方向に月の姿を見つけた。月は二階建ての古い一軒家の屋根の上に浮かんでいた。月は四分の三の大きさだった。二十年前の月と同じだ、と天吾は思った。まったく同じ大きさ、同じかたち。偶然の一致だ。たぶん。

しかし初秋の夜空に浮かんだ月はくっきりと明るく、この季節特有の内省的な温かみを持っていた。十二月の午後三時半の空に浮かんだ月とはずいぶん印象が違う。（BOOK2・第18章）

場面は一種の入れ子状になっている。外側にある場面は初秋の夜、ひとり天吾が青豆との場面を思い出しながら、公園まで歩いてきて、滑り台の上から月を見ている場面である。その内側に、思い出された「十歳の時」の放課後の場面がある。そして天吾が見上げる初秋の夜空にある月が、かつてと「まったく同じ大きさ、同じかたち」であるにもかかわらず、「ずいぶん印象が違う」のは、この直後に、天吾が空に月が二つあることに初めて気づくからだ。われわれがすでに見た場面の直前に用意されているのは、こうした光景である。そしてさらに注意しなければならないのは、天吾のいる「公園の北側に」ある「六階建ての新しいマンション」こそ、教団のリーダーを殺害した青豆がそのとき潜伏しているマンションにほかならない。そして青豆はその同じ場面に、ページの上では少し遅れて第21章になって、「向かいにある児童公園」の「滑り台のてっぺんに腰を下ろして」、自分と「同じ方向をみつめてい」る男の姿を認めるのだ。「その男は私と同じように二個の月を目にしている。青豆は直感的にそれを知った」と記されるように、天吾が二つの月に気づくこの場面を、北側のマンションから青豆もまた見ている。

そのことによって、入れ子式の内と外の二つの場面が重なる。天吾の思い出す内側の場面では、放課後の教室で青豆と天吾が手を握りながら月を見ていた。外側の場面では、それと「まったく同じ大きさ、同じかたち」の月を、天吾と青豆が滑り台の上とマンションから離れ離れに見ている。もちろん、そこにいるのがだれかもお互いに知らない。にもかかわらず、この二つの場面じたい、月を見ていると言う同じ身振りによってメタファー関係に置かれている。小説家は『1Q84』で、メタファー的思考を場面の構成にまで広げていて、つまり「十歳の時」の天吾と青豆が、二つの月を見ているいまの天吾と青豆にメタファー的に重なるのだ。その重ね方を指して、周到に用意されている、と言ったのだが、要はそのとき、この二つの場面にメタファー関係からのモーメントの力が生まれるということだ。

では、そのモーメントの力はどのように作用するのか。思い起こしてほしいのだが、メタファーによって生ずるモーメントは、〈喩えられるもの〉と〈喩えるもの〉の共通性を利用して、差異に働きかける。言うまでもなく、二つの場面に働く共通性は何かといえば、「十歳の時」の天吾と青豆も、いまの天吾と青豆も月を見ているということだ。では、差異はどこに兆すかといえば、二つあって、一つは月の数だ。外側の場面では、月が二つ出ているのに対し、内側の教室の場面では、月は一つしかない。二つ目は、ふたりが手を握っているか、いないかの差異である。外側の場面では、青豆はマンションにひとりいて、天吾の手を握ってはいない。しかし内側の場面では、天吾が青豆によって手をしっかり握られている。そうした差異に物語のモーメントが働く。繰り返すが、モーメントは共通性をもとに、異なるものを同一化する方向に作用するのだ。二つの月と一つの月という差異であれば、二つの月の世界から一つの月の世界に向かうように物語のメーメントを小説家は操作するだろう。ふたりが手を握っている、握っていないという差異であれば、別々に離れて月を見ている状況から、天吾と青豆が手を握って月を見る状況へとモーメントが働くだろう。そしてその力が働く方向に、じっさい村上春樹は物語を導いている。どうするかと言えば、物語の流れを、月が一つの世界の方へ、天吾と青豆が手を握って月を見る方へと向かわせるということだ。じっさい『1Q84』の大団円はそのようになっている。

月はひとつしかない。いつも見慣れたあの黄色い孤高な月だ。〔…〕私たちは1984年に戻ってきたのだ、青豆は自分にそう言い聞かせる。〔…〕彼女（青豆である）は空中にそっと手を差し出す。天吾がその手をとる。二人は並んでそこに立ち、お互いをひとつに結び合わせながら、ビルの上に浮かんだ月を言葉もなく見つめている。

（BOOK3・第31章）

月は空にひとつしかなく、天吾と青豆は手をとりあっているではないか。ふたりは1984年の世界にもどってきたのだ。それがメタファーのもたらすモーメントの力を用いて紡がれた物語の行方なのだ。そうした終わり方がハッピー・エンドであることで、『1Q84』は一部の批評家から批判されもしたのだが、そうした物語の結末がメタファー的思考から導かれた地点であることもまた確かである。その意味で、それは「地下鉄サリン事件」の延長線上に構想された物語の結末としてあって、そこに「荒唐無稽な物語を放逐」しようとする小説家の意欲が認められるのである。

滑り台から月を見る　物語のモーメント3

はからずも、物語の大団円にまで延びているモーメントの動線を追って、『1Q84』の結末に言及したが、ここで、物語が抱える大きな困難についてふれておきたい。なにしろ青豆も天吾も、二つの月を別々に見ていた時点で相手の居場所を知らないのだ。分かっているのは、読者と作者だけである。村上春樹はいったいどのようにふたりを出会わせるのか。それが物語にとっての困難にほかならないが、小説家はその困難を乗り越えようとして、またしてもメタファー関係から生じるモーメントを利用するのだ。ただしそのメタファー関係は、巻をまたいで明らかになる。というのも、その一方は、公園の滑り台の上から空を眺めて月が二つあることに気づいた天吾であり、つまりBOOK2で語られるのに、もう一方は、BOOK3で登場する牛河という男だからである。この牛河と天吾が同じ身振りを共有し、メタファー関係に置かれる。牛河は教団の指示を受け、天吾の身辺を調査している。天吾と同じアパートの空室を借り、秘密裏に天吾の行動を探っていて、小さな公園の滑り台から天吾が二つの月に初めて気づいた夜も、そのあとを追っていて、彼が滑り台を降りたあと、牛河自身も滑り台に上り、天吾と同じように空を眺めるからだ。その場面は牛河の視点から、遅れてＢＯＯＫ３で語られるから、メタファー関係による巻をまたいでの反復となっている。

天吾は三十五分後に一人で店を出てきた。〔…〕天吾は途中で道を逸れ、牛河には見覚えのない通りに足を踏み入れていった。〔…〕やがて天吾は小さな公園に入っていった。〔…〕一直線に滑り台に向かった。念頭には滑り台しかないみたいだった。天吾は滑り台に上るためにここにやってきたのだ。牛河の目にはそうとしか映らなかった。〔…〕天吾は滑り台の上で〔…〕腰を下ろした。そして空を見上げた。しばらくのあいだ頭をあちこちに動かしていたが、やがてひとつの方向に視線を据えると、そのままそちらを眺めた。頭はもうぴくりとも動かなかった。〔…〕やがて天吾は立ち上がり〔…〕滑り台を降り〔…〕公園から出ていった。牛河は迷ったが、これ以上あとはつけないことにした。〔…〕牛河は滑り台に向かった。〔…〕彼がいったい何をあんなに熱心に眺めていたのか、牛河はそれが知りたかった。〔…〕しかしいくら目を凝らしても、星はひとつも見当たらなかった。それよりは中空近くに浮かんだ、三分の二ばかりの大きさの月が牛河の注意を惹いた。〔…〕やがて牛河は息を呑んだ。そのまましばらく呼吸することさえ忘れてしまった。雲が切れたとき、そのいつもの月から少し離れたところに、もうひとつの月が浮かんでいることに気づいたからだ。それは昔ながらの月よりはずっと小さく、苔が生えたような緑色で、かたちはいびつだった。〔…〕そんなものがそこにあるわけがないのだ。しかし何度目を閉じてまた目を開いても、新しい小振りな月はやはりそこに浮かんでいた。〔…〕これが天吾の眺めていたものなのだ、と牛河は思った。

（BOOK3・第19章）

天吾のあとをつけた牛河は、公園で一人になると、彼の真似をして滑り台に上る。そして天吾の動作をなぞるように空を見上げる。すると、そこに二つの月が浮かんでいることに気づく。ページ上の隔たりこそあれ、こうして牛河の身振りは天吾の身振りとのあいだにメタファー関係を作り出す。だが、要は、その場面を認める視点を小説家は別に用意する点だ。視点の主は、身を潜めているマンションからその公園を見下ろす青豆である。「気がついたとき、一人の男が滑り台の上にいる。〔…〕天吾だ、と青豆は反射的に思う。／でも揺らいだ視野が定まると、それが天吾でないことがわかる」（BOOK3・第20章）というように。正確に言うなら、そのほんの少し前に、天吾が滑り台の上から二つの月を見ている姿を、青豆は「一人の若い男」として認めている。「その男は私と同じように二個の月を目にしている。青豆は直感的にそれを知った」と記されていたではないか。ただしそれが語られるのはBOOK2の第21章においてであり、そのとき青豆はその「若い男」を天吾だとは気づいていない。そしてほんの数分の差で公園の滑り台に上がった牛河を青豆は反射的に「天吾だ」と勘違いし、視線の揺らぎが収まると、すぐさまそうではないとわかる。この二人の男を、BOOK2とBOOK3に書き分けること。ほぼひとつづきのその光景をマンションから見ているのが青豆で、だから青豆が牛河の後ろ姿を「天吾だ」と反射的に思ったとき、彼女は天吾と牛河のあいだにメタファー関係を捉えた、と言うことができる。

青豆の錯視には、メタファー関係がとらえられている。この同一と差異をはらむ錯視像こそ、まさにメタファーが差し出すものにほかならない。そこには天吾に同一化しようと牛河に働くモーメントの力が認められる。そしてこのモーメントの力を利用して、小説家は青豆を天吾の居場所に導くのだ。というのも、このメタファーから生ずるモーメントの力をたどらせるように、村上春樹はこの直後、とっさに青豆に牛河のあとをつけさせるからだ。その行動を促すのが、メタファー関係が差し出す錯視である。メタファー的に言えば、青豆は〈喩えるもの〉として牛河のあとを追いながら〈喩えられるもの〉としての天吾を追うことになる。メタファー関係にある牛河のあとをつけることで、青豆は天吾のいるアパートにたどり着く。その意味で、牛河をつけるとは、まさにメタファー関係から敷かれたモーメントの動線をたどることにほかならない。

はたして青豆は牛河が探偵調査のために借りているアパートを突きとめる。「小さなアパートだし、それほど多くの人間が住んでいるわけでもない。やがてひとつのボックスに「川奈」という名前を見つけた瞬間、青豆のまわりからあらゆる音が消えてしまう。」川奈というそう多くない名前は、天吾の姓である。そのアパートの三階に、川奈天吾は住んでいたのだ。断っておくが、偶然の連鎖のように見えて、天吾の居場所が青豆にわかるのは偶然ではない。そこにはメタファー関係から生まれるモーメントの力が働いているからだ。小説家が、そのようにモーメントの力を働かせたのだ。そうして小説家はその力を用いて困難を乗り越え、離れ離れだった青豆と天吾を出会わせ、大団円を準備するのである。

聖家族の誕生あるいは青豆の性交なき妊娠

これまでわれわれは、「地下鉄サリン事件」以降に顕著になった村上春樹のメタファー的思考を、そこから生じる物語のモーメントに焦点を合わせて『1Q84』のうちに読み取ってきたが、さらに一つふれておきたいことがある。わたし自身、『1Q84』が出たときに指摘したのだが、青豆が性行為なしに妊娠し、しかもそれをまだその時点で再会を果たしてもいない天吾の子だと揺るぎなく信じていることに、違和感を覚えたのだ。これはまさしく「聖家族」ではないか。言うまでもなく、「聖家族」とは、聖霊により懐胎したマリアと幼児イエス＝キリストと父ヨセフを指す。青豆が性行為なしに妊娠し、それを天吾の子だと思う物語の構想のうちに、「聖家族」と同じ構造が認められたからだ。

その並行性をさらに押し進めれば、やがて青豆から生まれるであろう赤ん坊はイエス＝キリストに対応する。言うまでもなく、救世主である。だから、かりにそこまで語られていれば、『1Q84』は宗教教団が出てくる小説のつづきとして、さらにとても大きな物語を持つことになっただろう。しかし、じっさいの『1Q84』の物語を受け容れるには、そうした並行構造が可能にする信仰的な含意、つまり性交なしの聖霊による妊娠を信じるのと同じ心性が求められているように思われ、それが信仰に向き合うのと同質のものであることから、わたしは『1Q84』を批判したのである。

しかしここまで読んできたわたしは、以前とは別の視点から、青豆にはやはり性行為なしの妊娠がふさわしいのではないか、と思うようになった。ふさわしい、というのは、物語論的な見地から見てのことである。『海辺のカフカ』において、母親の消え去ったあとの田村カフカ少年が主人公だったように、『1Q84』では、やはり幼いときに母親を失った天吾が一方の主人公だからであり、その意味で、天吾は田村カフカから引かれた同じ母の喪失という線上にいて、ともに生みの母を、一つの光景や映像としてしか知らない。それは田村カフカの場合、「母親が姉をつれてそこから去っていった日」の記憶であり、「家の中は見捨てられた辺境の監視所みたいにがらんとして人けがな」く、「日が西にかたむき、いろんな物体の影が世界をじわじわと包んでいく」光景として差し出されていた。天吾の場合は、すでに三章で指摘したように、その光景は「時間にして十秒ほど」の「鮮明な映像」として「前触れもなしにやってくる」。「予兆もなければ、猶予もない」と記されるほど、その映像は天吾にいきなり襲いかかる。「発作」とさえ書かれていた。しかも、天吾が物語に初めて登場するBOOK1の第2章の冒頭一行目から、そのことが言及されるほど、天吾という人間を何よりも規定していると言えるだろう。

その映像だけを天吾に残して、彼の母親は姿を消した。さらに、天吾本人はずっと知らないままだが、読者はBOOK3の第22章で、途中から登場する牛河が調べたこととして、「母親は彼〔天吾〕が二歳になる前に長野県の温泉で絞殺された。殺した男はとうとう捕まらなかった。彼女は夫を捨て、赤ん坊の天吾をつれてその若い男と逐電していた」と知らされる。ということは、天吾は田村カフカと母親の喪失を共有しながら、いわばその線上の異なる場所にいる。そこに、『海辺のカフカ』と『1Q84』の類似性をもとにした変奏というか差異があって、それこそがメタファーの特質であることに思い至れば、田村カフカと天吾は母親の喪失という共通性をもとにしたメタファー関係にあると考えられるのだ。そして前者の光景が失われた母のメタファーとして佐伯さんを引き寄せていたとすれば、後者の映像において、天吾はいったい何を失われた母のメタファーとして引き寄せるのか。この引き寄せるのに働くのもまた、カフカ少年と天吾のあいだのメタファー関係から生じる力のモーメントにほかならない。

佐伯さんに対応するのは、言うまでもなく、青豆である。母親の喪失という共通性のもとに、田村カフカが佐伯さんという母親のメタファーを得たとすれば、天吾は失われた母親のメタファーとして青豆を見出す。だからそのとき、青豆は物語論的に母親でなければならない。それがメタファーの要請であり、小説家の求めることでもある。それゆえ天吾の前にふたたび現れる青豆は、母親であるために妊娠しているのだ。小説家は、消え去った母親の記憶を短い映像として天吾のうちに残し、その失われた母親のメタファーとして青豆を構想し、母親の属性を示すために、離れればなれだった天吾との性行為の伴わない妊娠という事態を彼女に付与したのだ。

そしてさらに、『1Q84』における性行為抜きの「妊娠」を物語構築の点から見れば、村上春樹はそこで二つの場面のメタファー的対称性を用いている。その対称性をしるしづけているのは、まず、その光景の同時性である。一方は、マッサージに呼ばれた青豆がホテルの一室で「さきがけ」のリーダーを殺害する場面であり、他方は、天吾を守るため「オハライ」と称してふかえりが天吾を性交へ誘う場面である。それらはBOOK2の第13章と14章と隣接して語られる。どうして殺害と性行が同時だとわかるかと言えば、青豆が「尖った針先」をリーダーの「首筋のその微妙なポイントに当てた」とき、「稲妻のない落雷が窓の外でひときわ激しく轟いた。雨がばらばらと窓に当たった」とあり、天吾がふかえりに導かれ性交にいたるとき、「雷鳴は更に激しさを増していた。今では雨も降り始めていた」とあって、前後の文脈から、この落雷と雷鳴が同じときだと判断できるからだ。この同時性が二つの場面の対称性を担保する。

しかも、この対称性を担保するのは同時性だけではない。リーダーが青豆に説明する（それは読者への説明にもなっている）ところによれば、リトル・ピープルの行なっている作業について、「絵里子（ふかえりのこと）が物語を提供し、天吾くんがそれを有効な文章に転換した。それが二人の共同作業だった。その物語（『空気さなぎ』を指す）はリトル・ピープルの及ぼすモーメントに対抗する抗体としての役目を果たした」という。つまり「抗体」というかたちで、対称性が裏打ちされている。そしてリーダーが「天吾くんはレシヴァとしての優れた能力を具えていたようだ」と言うとき、リーダーと天吾が共にレシヴァとしてメタファー関係に置かれていることがわかる。リトル・ピープルを最初に「導き入れたのがわたしの娘（ふかえり）」であり、リーダーがその「代理人」になったということは、言い換えれば、「娘がパシヴァ＝知覚するものであり、わたしがレシヴァ＝受け入れるものとなった」ということで、教団のなかで、この父娘はリトル・ピープルの求めるままに性交を行ない、空気さなぎを作ろうとしてきたのだ。そして「君（青豆を指す）」がもしここでわたしを殺し、この世界から削除したとする。そうすればリトル・ピープルが天吾くんに危害を及ぼす理由はなくなる」とリーダーが言うのは、この世界でのレシヴァの競合がなくなるからだろう。

その意味で、雷鳴の轟く夜のふかえりと天吾の性交は、レシヴァとパシヴァによる性交（「空気さなぎ」を作る行為）となり、教団のなかで行なわれていたリーダーとふかえりの性交とまさに重なり、メタファー関係を作り出す。その結果の「空気さなぎ」の誕生であり、リーダーとふかえりが作っていた「空気さなぎ」を、小説家は、メタファー関係を利用して天吾とふかえりに移行させ、さらにそれを、ふかえり＝青豆というメタファー関係を介して天吾と青豆のペアに移行させる。そうすることで「空気さなぎ」が青豆の妊娠にまで転位するのである。繰り返すが、この転位を支えるのは、ともに「右手」で天吾の手を強く握るふかえりと「十歳」の青豆のあいだに成り立つメタファー関係であることは言うまでもない。そうしたメタファー関係を利用して、村上春樹は天吾＝レシヴァとふかえり＝パシヴァのあいだで可能になる「空気さなぎ」を、天吾と青豆のあいだに性交なき妊娠というかたちで横すべりさせたのだ。それが転位の、物語論的に見た論理にほかならない。わたしが「聖家族」の誕生と呼んだものを、村上春樹は二つの場面の対称性とそれを支えるメタファー関係から作り出したのである。

第8章

二つの障害　「騎士団長」の出現と「秋川まりえ」の失踪

――『騎士団長殺し』を読む❶

居心地の悪さ

『騎士団長殺し』を読みはじめたとき、わたしは居心地の悪さというか、言いようのない胸騒ぎを覚え、それはどこから来るのだろうかといぶかりながら、ともかくも巻頭の「プロローグ」を何度も読み返した。理由のわからないまま、第1部・第1章の冒頭まで読み進めたとき、どこから居心地の悪さがやって来るのかつかめた。村上春樹とは別のだれかの書いた小説を読んでいるような感じがしていることに、気づいたのだ。第1部の冒頭はこのようにはじまっている。

その年の五月から翌年の初めにかけて、私は狭い谷間の入り口近くの山の上に住んでいた。夏には谷の奥の方でひっきりなしに雨が降ったが、谷の外側はだいたい晴れていた。海から南西の風が吹いてくるせいだ。その風が運んできた湿った雲が谷間に入って、山の斜面を上がっていくときに雨を降らせるのだ。家はちょうどその境界線あたりに建っていたので、家の表側は晴れているのに、裏庭では強い雨が降っているということもしばしばあった。最初のうちはずいぶん不思議な気がしたが、やがて慣れてむしろ当たり前のことになってしまった。（第1部・1）

居心地の悪さは「私」という一人称から発していた。「プロローグ」の冒頭も第1部の冒頭も、語りを担うのは「私」という一人称で、それはいかにも自然に文のなかにおさまっているが、この「私」を村上春樹の小説の地の文として読むとき、不自然に感じられたのだ。つまりそれほど、村上春樹の物語には「僕」という一人称の牽引する文が馴染んでいて、わたしは「その年の五月から翌年の初めにかけて、僕は狭い谷間の入り口近くの山の上に住んでいた」と書かれていないことにようやく気づき、居心地の悪さの発生源を突き止めたのである。

もっとも、村上春樹の主な長篇を振り返れば、『世界の終りとハードボイルド・ワンダーランド』の一方の主人公に「私」という一人称が与えられていたが、最後にはもう一方の「僕」と重なるからだろうか、それを読んだときには、特に居心地の悪さを感じなかった。その段階では、村上春樹の「僕」はまだそれほど強力にこの作家らしさになってはいなかったからかもしれない。なので『騎士団長殺し』で「私」という一人称が使われたとき、わたしは異質なものを感じ、同時にまた、そこに新たな試みの兆しを認めたのだ。というのも、「私」という一人称は、村上春樹に見られるファンタジスムと呼べる傾向とは逆に、日本の小説のなかで、これまでどちらかというとリアリズムとか写実傾向のある小説に馴染むように使用されてきたからである。つきつめれば、この「私」に居心地の悪さを覚えた根底には、そうしたリアリズムで使われることの多い一人称が村上春樹のつくる物語に馴染まないのではないかという危惧が、潜んでいたと言えるだろう。

「騎士団長」の出現

では、いったい『騎士団長殺し』はどんな物語なのか。主人公の「私」は安定した注文のある肖像画家で、妻のユズから唐突に離婚の意志を告げられる。「私」は自分のほうからマンションを出て、荷物をつめ込んだ愛車をあてもなく走らせるのだが、結果的に東北をめぐる長い旅になる。そうして落ち着いた先が、友人の父がもう使わなくなった小田原の「狭い谷間の入り口近くの山の上」の家である。いまは伊豆高原の老人養護施設にいる友人の父は、高名な日本画家で、その家はアトリエを兼ねた別荘のようなつくりになっている。そこで「私」は、免色という男から強く依頼されてどうしても断れなかった肖像画を描くことになるのだが、それをきっかけのようにして「私」は不可解な出来事に巻き込まれていく。それも二つ。一つは、「騎士団長」と名乗る不思議な存在の出現であり、もう一つは、交流を持つようになった免色からその肖像画を描いてほしいと頼まれた少女(「秋川まりえ」という)の謎の失踪事件である。この二つが『騎士団長殺し』の主要な物語を形成している。そして「私」自身もまた、妻という最愛の存在から切り離されていて、その顛末も物語に間接的にからんでいる。

そこでまず、「騎士団長」が現れる経緯を見ておきたい。「私」は夜中に屋根裏で何かが動くような音を耳にして、探索に乗り出す。「あちこち捜し回った末に、客用寝室の奥にあるクローゼットの天井に、屋根裏への入り口がついていることがわかった。入り口の扉は八十センチ四方ほどの真四角な形だった」と入り口を見つけ、そこから「私」は屋根裏に上がる。するとそこに一匹のみみずくがいて、何かが動くような音の原因がわかる。と同時に、しっかり包装された一枚の日本画を発見する。屋根裏から運び出したその絵には、『騎士団長殺し』とタイトルが付されていた。どんな絵かというと、日本画にしては「息を呑むばかりに暴力的な絵」である。

その『騎士団長殺し』という絵の中では、血が流されていた。それもリアルな血がたっぷり流されていた。二人の男が重そうな古代の剣を手に争っている。〔…〕争っているのは一人の若い男と、一人の年老いた男だ。若い男が、剣を年上の男の胸に深く突き立てている。若い男は細い真っ黒な口髭をはやして、淡いよもぎ色の細身の衣服を着ている。年老いた男は白い装束に身を包み、豊かな白い鬚《ひげ》をはやしている。〔…〕彼の胸からは血が勢いよく噴き出している。剣の刃先がおそらく大動脈を貫いたのだろう。〔…〕若い男はひどく冷たい目をしている。その目は相手の男をまっすぐに見据えている。その目には後悔の念もなく、戸惑いや怯えの影もなく、興奮の色もない。（第1部・5）

争っている二人には、取り巻く人々がいる。「一人は若い女性」で、「上品な真っ白な着物を着」ている。

「片手を口の前にやって、口を軽く開け」、「息を吸い込み、それから大きな悲鳴をあげようとしているように見える」。もう一人、服装はさほど立派ではない「若い男」がいて、「召使いか何かのように見えるが、老人の召使いなのか、若い男の召使いなのか、それとも女の召使いなのか分からないが、女にも召使いと思しき男にも「紛れもない驚きの表情」が浮かび、この刃傷沙汰《にんじょうざた》が「急速な展開の末に起こった」ことが見てとれる。そして「私」は、「この絵には何か特別なものがある」と感じる。

だが絵に付されていたタイトルから、「私」はモーツァルトのオペラ『ドン・ジョバンニ』の冒頭にある「騎士団長殺し」のシーンを連想し、「考えてみれば、わかりきったことじゃないか」とつぶやく。

この絵の中に描かれている顔立ちの良い若者は、放蕩者ドン・ジョバンニ（スペイン語でいえばドン・ファン）だし、殺される年長の男は名誉ある騎士団長だ。若い女は騎士団長の美しい娘、ドンナ・アンナであり、召使いはドン・ジョバンニに仕えるレポレロだ。〔…〕ドン・ジョバンニはドンナ・アンナを力尽くで誘惑し、それを見とがめた父親の騎士団長と果たし合いになり、刺し殺してしまう。有名なシーンだ。どうしてそのことに気がつかなかったのだろう？（第1部・5）

これでタイトルの理由は了解されたが、絵にはもう一人、「奇妙な目撃者」が描かれている。「画面の左下に、まるで本文につけられた脚注のようなかっこうで、その男の姿はあった。男は地面についた蓋を半ば押し開けて、そこから首をのぞかせていた」と記されている。そして村上春樹は強調するように、「地面についた蓋」についてすぐさま説明を加えている。「蓋は真四角で、板でできているようだ。その蓋はこの家の屋根裏に通じる入り口の蓋を私に思い出させた。形も大きさもそっくりだ。男はそこから地上にいる人々の姿をうかがっている」という具合に。

描かれた人物の服装から、「私」は「飛鳥時代に下水道があるわけはない」と考え、「何もない空き地」のように描かれているところに「なぜ〔…〕蓋つきの穴が開いているのだろう？　筋が通らない」と自問さえする。「画面の左端の、地中から首を出す細長い顔をした人物の存在」は、オペラ『ドン・ジョバンニ』では説明できない。「いったい何を意味しているのだろう？」と「私」はいぶかる。それにオペラでは、父親が刺殺される場面には娘のドンナ・アンナの姿はない。彼女は恋人の騎士ドン・オッタービオに助けを求めに行っている。しかも、地中から顔を出している男はどう見てもドン・オッタービオではない。「私」は雨田具彦が状況設定を微妙に変更していると判断するが、それにしても地中から顔を出している男の「容貌は明らかに、この世の基準からははずれた異形のもの」で、『ドン・ジョバンニ』には馴染まない。「私は仮にその男を「顔なが」と名付け」る。

不可解な出来事が起こるのは、こうして雨田具彦の絵を屋根裏から取り出してからだ。「私」は深夜に微かな鈴の音を耳にするようになる。音は二日ほどつづき、「私」は自分の幻聴ではないことを確かめたくて、肖像画を描くことで交流を深めた独身の免色に家まで来てもらい、深夜、ともに鈴の音が鳴るかを待ち構える。

私と免色は話を中断し、身体の動きを止めて宙に耳を澄ませた。虫たちの声はもう聞こえなかった。一昨日、また昨日とまったく同じように。そしてその深い沈黙の中に、私はあの微かな鈴の音を再び耳にすることができた。それは何度か鳴らされ、不揃いな中断をはさんでまた鳴らされた。私は向かいのソファに座った免色の顔を見やった。そしてその表情から、彼もまた同じ音を聞き取っていることを知った。〔…〕その鈴の音に合わせて指を小さく動かしていた。それは私の幻聴ではなかったのだ。

（第1部・14）

二人は鈴の音がする方を探りに出かける。敷地の外れのほうにある雑木林のなかに足を踏み入れ、祠の裏側の石の塚の前に出ると、その鈴の音は「石の隙間から漏れ聞こえてくるようだ」と二人は確認する。石の塚の下に、だれかが閉じ込められているのだろうか。「懐中電灯の明かりで石の隙間を注意深く点検」するが、「とくに変わったところは見当たらな」い。その塚が掘り起こされた形跡はまったくない。免色は「音が聞こえてくるのは、前もこの場所だったのですか？」と「私」に訊いてくる。すでに鈴の音のする場所をつきとめていた「私」は、「まったく同じ場所です」と答える。免色は「この石の下で誰かが、鈴らしきものを鳴らしているみたい」だと言い、「私」も同意する。

鈴の音が幻聴ではないとわかり、「私」は安心したものの、今度は、謎を「私」と共有した免色が、その財力にまかせて石の塚を掘削するよう提案する。「私」に所有者（厳密にはその息子）から許可をとらせると、免色はさっそく知り合いの業者に依頼して石の塚の下を掘削させてしまう。そしてそこに、穴を出現させるのだ。

　敷石はそっくり取り除かれ、そのあとに穴が口を開けていた。四角い格子の蓋も取り外され、脇に置かれていた。厚みのある重そうな木製の蓋だ。古びてはいるが、腐ってはいない。そしてそのあとには円形の石室らしきものが見えた。その直径は二メートル足らず、深さは二メートル半ほどだ。まわりを石壁で囲まれていた。底はどうやら土だらけのようだ。〔…〕石室の中は空っぽだった。（第1部・15）

石を取り除くと、そこに「木製」の「四角い格子の蓋」で口がふさがれた「円形の石室」が出現する。おそらく、かつてだれかが閉じ込められていたのだろう。現に免色は、そこに生きたまま埋葬された僧侶などを想像するが、石室が姿を見せると、自ら穴に下り立ち、念入りに調べる。免色は「屈み込んで地面の感触を確かめ」、「地面に置かれた鈴のようなものを手に取り、手にした懐中電灯の明かりでそれをしげしげと眺め」、「それから小さく何度か振っ」てみせる。間違いなく、だれかが真夜中に鳴らしていた「鈴」であり、取り出された「鈴」は、「私の」家の「スタジオの棚に置」かれるが、夜中に鳴りはじめることはない。
　変わったことは何も起こらない。それでも、「私」がスタジオに入って免色の肖像画を描こうとしたとき、「そこに加えるべき色のイメージ」や「アイデア」が「唐突に、しかし自然にやって」くる。そうした体験をするうちに、「私」は「自分の中で何かが変わりつつあるという確かな気配」を感じ、満足いくかたちで免色の肖像画を仕上げると、つづいて、東北を旅行中にファミリー・レストランで見かけた「白いスバル・フォレスターに乗っていた中年男の肖像」を「自分自身のために」描きはじめる。あたかも、「鈴」が家にきたことと関係するかのように、自分のうちに創造の火が点りはじめるのだ。そして、しばらくは聞こえなかった「鈴」の音が深夜ふたたび聞こえるようになる。

　目が覚めたのは真夜中だった。私は手探りで枕元の明かりをつけ、時計に目をやった。ディジタル時計の数字は1:35だった。鈴が鳴っているのが聞こえた。間違いなくあの鈴だ。私は身体を起こし、その音のする方向に耳を澄ませた。

　鈴は再び鳴り始めたのだ。誰かが夜の闇の中でそれを鳴らしている——それも前よりももっと大きく、もっと鮮明な音で。

（第1部・20）

「鈴の音はスタジオの中から聞こえている」。そこにだれかがいるのだ。「私」は恐る恐るスタジオに入り、明かりを点けるが、だれもいない。「鈴はやはり棚の上に置かれてい」る。近寄って「鈴」を仔細に見てみるが、前の日の昼に手に取ってもどしたときのまま「位置を変えられた形跡もない」。そうしてスタジオを出たとき、「私」は「居間のソファの上に何か見慣れないものがあることにふと気づ」く。

　クッションか人形か、その程度の大きさのものだ。しかしそんなものをそこに置いた記憶はなかった。目をこらしてよく見ると、それはクッションでもなく人形でもなかった。生きている小さな人間だった。身長はたぶん六十センチばかりだろう。その小さな人間は、白い奇妙な衣服を身にまとっていた。そしてもぞもぞと身体を動かしていた。まるで衣服が身体にうまく馴染まないみたいに、いかにも居心地悪そうに。その衣服には見覚えがあった。古風な伝統的な衣裳だ。日本の古い時代に位の高い人々が着ていたような衣服。衣服だけではなく、その人物の顔にも見覚えがあった。

騎士団長だ、と私は思った。（第1部・21）

「小さな人間」が「居間のソファに腰掛けて、まっすぐ私の顔を見ている」。友人の父・雨田具彦の描いた『騎士団長殺し』のなかの「騎士団長」と「まったく同じ身なりをして、同じ顔をして」いて、まるで「絵の中からそのまま抜け出してきたみたい」だった。「私」が思い切って「あなたは霊のようなものなのですか？」と訊くと、「騎士団長」は「いやいや、ちがうね、諸君。あたしは霊ではあらない。あたしはただのイデアだ」と答える。さらにつづけて、「霊というのは基本的に神通自在《じんずうじざい》なものであるが、あたしはそうじゃない。いろんな制限を受けて存在している」、「たとえばあたしは一日のうちで限られた時間しか形体化することができない」と自らの限界を告げてもいる。

「イデア」という言葉に、われわれは『海辺のカフカ』の「カーネル・サンダーズ」が自らを「観念」と呼んでいたことを連想するが、このイデアの「騎士団長」の出現によって物語は大きく動き出す。そして同時に、この存在の出現によって、「私」に導かれてきたリアリズムに馴染む物語世界はファンタジスム的物語世界にぶつかる。その意味で『騎士団長殺し』では、『海辺のカフカ』のようには奇数章と偶数章で語られる物語世界が分かれてはいないものの、「私」と「騎士団長」の接触面に、この二つの物語傾向のせめぎ合うフロントが生じているのだ。

その「騎士団長」を名乗る存在に、「私」は「絵の中に描かれた人物がそこから抜け出してくるなんてことが可能なのだろうか?」と自問し、「もちろん不可能だ。あり得ない話だ」と思い、その場に立ちすくんだまま固まってしまう。するとこちらの思いを読んだように、「騎士団長」は、「雨田具彦の『騎士団長殺し』の中では、あたしは剣を胸に突き立てられ、あわれに死にかけておった」と告げる。「絨毯や家具を血で汚されても困るだろう。だからリアリティーはひとまず棚上げにして、刺され傷は抜きにしたのだよ」と語り、「もし呼び名が必要であるなら、騎士団長と呼んでくれてかまわない」とまで言う。これで、だれが深夜に封をされた石室のなかで鈴を鳴らしたのか、といった不可解さは解決されたが、同時に、小説全体に一挙に、あともどりできないかたちでリアリズムの世界とファンタジスムの世界の「ずれ」が広がる。

「秋川まりえ」の失踪

もう一つの不可解な出来事とは、とつぜんの「秋川まりえ」の失踪である。免色から依頼されて彼女の肖像画を「私」は描くようになるが、そもそも免色がどうしてこの少女の肖像画を手元に置きたいかといえば、「秋川まりえ」が彼の愛した女性とのあいだにできた実の娘の可能性があるからだ。その女性は、免色との激しい交情の直後、別の男との結婚に踏み切る。というより、免色との結婚を諦め、「秋川まりえ」の父になる男との結婚を決めたあとで、式を挙げる直前に最後の別れのセックスを免色に求めたのだ。そして婚姻後、その女性は娘を産むと、若くして死んでしまう。つまり「秋川まりえ」は免色にとって、かつて愛した女性との間の忘れ形見かもしれないのだ。だからその姿を少しでも目にとどめるため、谷越しに彼女の部屋の見える場所に家を持つにいたった。そしていま、「私」と親しくなり、彼女の肖像画を依頼し、偶然を装って、少女を描いている時間に「私」の家を訪れたりもする。そうした状況下で、世話をしている彼女の叔母さんから、夜になっても「まりえ」が帰宅しないと「私」のもとに連絡が入る。

「私」はすぐさま免色にそのことを伝え、ともに穴の周辺を探してみるが、何の手がかりもつかめない。そうして免色を家の居間に残し、何とか眠ろうとするが、それもできない。そして部屋の中を見渡すと、窓の敷居のところに「騎士団長」がいる。「私」は思い切って「秋川まりえ」の失踪のことを告げ、執拗に問いただすと、「騎士団長」から「そこまで言うなら、仕方あるまい」と切り出され、「比喩的に言うならば、血は流されなくてはならない。そういうことだ」と告げられる。呑み込めない「私」がさらにヒントを求めると、「土曜日の午前中に、つまり今日の昼前に、諸君に電話がひとつかかってくる」と「騎士団長」は言い、その電話での誘いを「断ってはならん」とだけ教えてくれる。そしてかかってきた友人からの電話で、「私」はその父親の画家が入っている施設への同行を誘われ、ともに訪れることになる。「私」はかつて友人に、機会があったらその父親である画家にじかに会いたい、と頼んでいたのだ。

　ところで「秋川まりえ」失踪の発端は、「私」が彼女の肖像を描くことからはじまっているように思われる。「私」は「秋川まりえを描くつもりで、新しい中目《ちゅうめ》のキャンバス」を「イーゼルの上に用意」するが、いざ描こうとすると、「いったい何を描けばいいのだろう？」と自問してしまう。「秋川まりえ」の肖像画が描けないのだ。キャンバスの「空白はいつまでたっても空白のまま」で、「私」は考えているうちに、「自分が今何を描きたがっているのか」思い当たる。それが雑木林のなかの「石塚の下から現れたあの不思議な穴」である。「私」は「鉛筆を使ってそこ〔スケッチブック〕に石室の絵を描いてい」く。そうして「その絵を描いているあいだ私は、自分がその雑木林の中の穴と一体化していくような奇妙な感覚」に襲われる。そしてできあがった絵をスケッチブックごとイーゼルに載せ、離れて見ると、「実物の穴より、より生きているように見え」る。と同時に、「それが女性の性器を連想させる」ことにも気づく。

　実物の穴よりも「生きている」描かれた穴。「鉛筆で細密に描かれたその穴」は、「秋川まりえ」を描くつもりなのに描けなくて、代わりにできた絵である。しかも「その穴は私に描かれるのを求めてい」て、ついにはその鉛筆画を「下絵」にして「私」はキャンバスにその穴の絵を描きはじめる。そしてこの穴の絵と同時に、当初は「空白のまま」だった「秋川まりえ」の肖像画を「私」は描けるようになるのだ。「秋川まりえの肖像を描くのと並行して、祠の裏手にある穴の絵を、私は別のキャンバスに描き始めた」とあるが、この二つの絵の制作の同時性・並行性は、描かれる対象の「秋川まりえ」と「穴」の、物語論的つながりを示唆している。

そんな具合に毎日、午前中の時間をスタジオの中で一人で過ごした。そして絵筆とパレットを持ち、『秋川まりえの肖像』と『雑木林の中の穴』の絵を――まるで性格の異なる二種類の絵画を――気が向くままに交互に描いていった。

（第2部・42）

スタジオに並んだ二つの絵を「左右交互に眺め」ながら、「私」のうちに一つの自問が浮かぶ。「この二枚の絵はどこかでつながっているのだろうか？」と。「私」が自らに差し出すこの疑問は、しかし小説家にとってはむろん疑問ではない。このつながりを、物語論的なつながりと言ったのだ。小説家は、二つの絵が物語の上でつながるように、二枚の絵を同時並行的に「私」に描かせている。そしてそのつながりを利用して、小説家はさらに踏み込む。

「その二つを見比べているうちに、秋川まりえが祠の裏手にまわり、その穴に近づいていく光景が頭に浮かんできた。そこから何かが始まりそうな予感があった」というように。まさに、一方の絵に描かれた「秋川まりえ」が他方の絵に描かれた「穴」へと近づく光景を、「私」は思い浮かべるのだ。それは「私」の予感にすぎないのだが、小説家にとって、その予感は何かを起こすという小説的告知になっている。現に、その少し先では、「穴」の絵を見ながら「私」は「今まさに何かがここで始まろうとしている」と感じ、「何かが起ころうとしているのだ」と感じる。「私が今日の午後にその『雑木林の中の穴』の絵を完成させたことによって何かが起動し、動き出したのだ」と「私」は確信さえし、記述は「すでに何かが起き始めているのだ」

と変えられ、その何か《・》が具体的に「秋川まりえの失踪」というかたちになって現われる。そしてその失踪が「騎士団長」の出現とともにこの物語を牽引する。

ところで、二つの不可解な出来事には共通点がある。ともに、祠の裏の「穴」にかかわっている。「騎士団長」の出現は、深夜に鈴の音を聞いた「私」がまず祠の裏手の音源に近づき、そのあと免色とともにそこに近づき、ついには石の塚を掘り起こし、「穴」を出現させ、結果、「騎士団長」と名乗る存在を解き放ち、出現させてしまったからだ。そしてすでに見たように、並べて描かれた絵の「秋川まりえ」はもう一方の絵の「穴」に、「私」の頭のなかでイメージとして近づくのだ。いや、イメージとしてばかりか、「秋川まりえ」自身じっさいに「穴」に接近している。彼女は、初めて会った免色のことを聞きに、こっそり「私」のもとを訪れるのだが、そのとき近道を選ぶ。そのルートが「古い祠のある雑木林を通って」いて、「秋川まりえ」は、その途中で「穴」に近づき、「蓋を開けても穴の中はからっぽだった」と「私」に告げるほど接近している。「穴の中には降りてないよね?」と「私」に訊かれると、彼女は強く否定するものの、「あそこはあんな風に掘り起こしたりするべきではなかった」と「私」に伝えてもいる。村上春樹は「騎士団長」と「秋川まりえ」を「穴」にかかわらせることで、一方の出現という不可解さと他方の失踪という不可解さを「穴」に接続させ、掘り起こした「穴」じたいにその不可解さを共有させている。

「騎士団長」の矛盾と物語的な不可解さ

自ら霊ではなくイデアだと名乗る「騎士団長」は、本人が言うほど小説的にイノセントな存在ではない。「あたしとは何か？　しかるに今はとりあえず騎士団長だ。騎士団長以外の何ものでもあらない。しかしもちろんそれは仮の姿だ」と言う一方で、「騎士団長」はどんな姿をもとり得るのかと「私」に訊かれると、「とることのできる姿かたちは、けっこう限られておる」と答えつつ「必然性のない姿かたちをとることはできないようになっておる」と明言する。「とりあえず騎士団長だ」と言い、「それは仮の姿だ」と断わり、自らの姿の任意性を匂わせながら、「必然性のない姿かたちをとることはできない」と述べるとき、その矛盾が顕わとなる。それは、「騎士団長」本人の矛盾というより、物語から要請される矛盾にほかならない。

というのも、物語的には、掘り起こされた石室と「私」が屋根裏で発見した『騎士団長殺し』の絵をむすびつける必要があるからだ。「いずれにせよ、この穴がすべての始まりだった。〔…〕それともすべては私が『騎士団長殺し』を屋根裏部屋で見つけ、その包装を解いたことから始まったのかもしれない」と「私」に言わせるように、「私」のまわりで「次々に起こり始めた」わけのわからないことを、穴（石室）の掘削と『騎士団長殺し』の発見に結びつけるために、穴から解き放たれたイデアは屋根裏で発見された絵のなかの「騎士団長」の姿をまとわねばならない。その意味で、「騎士団長」が主張する「必然性」は、物語を作る上での作者にとっての必然性だと言える。

「騎士団長」については、しかしもっとはっきりした矛盾がある。「私」が雨田具彦の『騎士団長殺し』が「何かを強く訴えかけて」くると「騎士団長」に話をむけると、彼はこちらの問いかけにはまともに答えない。

「あの絵はどうやら、一九三八年にウィーンで実際に起こった暗殺未遂事件をモチーフとしているようです。そしてその事件には雨田具彦さん自身が関わっているという話です。そのことについてあなたは何かをご存じではありませんか？」

〔…〕

「歴史の中には、そのまま暗闇の中に置いておった方がよろしいこともうんとある。正しい知識が人を豊かにするとは限らんぜ。客観が主観を凌駕するとは限らんぜ。事実が妄想を吹き消すとは限らんぜ」

「一般論としてはそうかもしれません。しかしあの絵は見るものに何かを強く訴えかけてきます。雨田具彦は、彼が知っているとても大事な、しかし公に明らかにはできないものごとを、個人的に暗号化することを目的として、あの絵を描いたのではないかという気がするのです。人物と舞台設定を別の時代に置き換え、彼が新しく身につけた日本画という手法《メチエ》を用いることによって、彼はいわば隠喩《いんゆ》としての告白を行っているように感じられます。彼はそのためだけに洋画を捨てて、日本画に転向したのではないかという気さえするほどです」

「絵に語らせておけばよろしいじゃないか」と騎士団長は静かな声で言った。「もしその絵が何かを語りたがっておるのであれば、絵にそのまま語らせておけばよろしい。隠喩は隠喩のままに、暗号は暗号のままに、ザルはザルのままにしておけばよろしい。それで何の不都合があるだろうか？」

（第1部・28）

「私」が免色から得た情報をもとに想像するのは、この絵が「隠喩《いんゆ》としての告白」であり、そこに、雨田具彦の留学中に起こった暗殺未遂事件がからんでいるのではないか、ということだ。「私」はそのことを問いただすのに、「騎士団長」は「隠喩は隠喩のままに」しておくようにと言って、少しも答えようとはしない。その情報じたいを知らないからではない。なにしろ第2部において、一転、「騎士団長」は「隠喩は隠喩のままに」といったこの前言を翻し、雨田具彦が留学中にウィーンで体験したその暗殺未遂事件の顛末を詳細に自分の方から「私」に語って聞かせるからだ。そしてそこに「騎士団長」の最大の矛盾が際立つ。

騎士団長は言った。「彼の恋人はナチの手で無惨に殺害された。拷問でゆっくり時間をかけて殺されたのだ。仲間たちもすべて抹殺された。彼らの試みはまったくの無為のうちに終わってしまった。彼だけが政治的配慮によってかろうじて生き残った。そのことは深い心の傷になった。また彼自身も逮捕され、二ヶ月ばかりゲシュタポに勾留され、手ひどい拷問を受けた。拷問は死なない程度に、また身体に傷跡を残さないように注意深く、しかし徹底して暴力的におこなわれた。神経が壊れてしまうくらいのサディスティックな拷問だった。そして実際にその結果、彼の中で何かが死んでしまったのだろう。そのあと彼は、事件については沈黙を守るようにしっかり因果を含められ、日本に強制送還された」
（第2部・51）

これが、留学中の雨田具彦がかかわった暗殺未遂事件の詳細だが、かつて「私」から、これは「隠喩《いんゆ》としての告白」ではないか、背後に留学中に起きた歴史にからむ出来事を抱えているのではないか、と問われたとき、「騎士団長」は「隠喩は隠喩のままに」と言って、何ら語ろうとしなかったのに、いま、自分の方から、雨田具彦が留学中にかかわった暗殺未遂事件について積極的に「私」に説明している。なぜ「騎士団長」は前言を翻してまでも新たな表明を行なったかといえば、そこに、小説家の要請が働いているからだ。

端的にいえば、「騎士団長」が「隠喩は隠喩のままに」と答えた時点と、暗殺未遂事件の詳細を語るこの時点では、それぞれ、小説家の要請は異なる。「隠喩は隠喩のままに」と口にした時点では、暗殺未遂事件の詳細を「私」に知らせるのは早すぎる。小説的には、留学中の雨田具彦の調査を免色に行なわせ、その情報を少しずつ「私」と読者に知らせた方がいい。そうすれば、『騎士団長殺し』が抱える隠喩的な核心に向けて、「私」の関心も読者の関心もゆっくりと引っ張っていけるからだ。

では、「騎士団長」が暗殺未遂事件の詳細を遅れて第2部・51で語るのはなぜか。言うまでもなく、『騎士団長殺し』の絵が「隠喩《いんゆ》としての告白」であると分かることが小説的に必要になる場面にさしかかっているからだ。「私」は「秋川まりえ」の失踪のことで「騎士団長」に相談すると、午前中にかかってくる電話の誘いを断るなと言われ、友人の雨田政彦に電話で誘われるままに、その父親が入っている高級な老人養護施設に連れていってもらう。そこに急に、政彦に仕事の電話がかかり、老人の部屋を退出したので、「私」が雨田具彦と二人きりになるのだが、それがまさにこの場面にほかならない。そしてその瞬間、そこにとつぜん「騎士団長」が現れ、その部屋じたいを一つの隠喩的場面にすることを「私」に要請する。

「あの『騎士団長殺し』の画面にならって、諸君〔私を指す〕があたし〔騎士団長を指す〕をあやめればよろしい」と「騎士団長」が唆すのだ。つまり、その部屋じたいを『騎士団長殺し』の絵の隠喩的光景に仕立てようという。「あたしを抹殺する〔…〕ことによって引き起こされる一連のリアクションが、諸君を結果的にその少女の居場所に導くであろう」と「騎士団長」はわけも話さず「私」に示唆する。だがそのとき、二つの物語的な不可解さが生じてしまうのだ。まず、どうしてその部屋で絵をなぞるような光景を繰り広げなければならないのか。次に、雨田具彦の部屋じたいをその絵の隠喩的光景に作り変えることが、どうして小説のなかで並行して起こっている「秋川まりえ」の失踪事件を解くことにつながるのか、その理屈がまったく分からない。そうした二つの物語的ロジックがまったく理解できない。この不可解さこそが、『騎士団長殺し』という小説の成否を分ける二つの最大の障害になりかねないのである。

第9章

消滅と出現のメタファー・ゲーム

──『騎士団長殺し』を読む❷

隠喩の力をそぐ　画家の思いを解く

『騎士団長殺し』の物語を受けいれるには、そうした不可解さを納得できるだけの物語的ロジックが必要となる。その上で指摘するなら、村上春樹はこの場面で隠喩の力の転化を試みたのだ。少なくともわたしはそう理解し、不可解さを納得した。隠喩の効力の転化とは、正確に言えば、隠喩を構成する〈喩えられるもの〉と〈喩えるもの〉のあいだでの変換にほかならない。

『騎士団長殺し』という絵が「隠喩《いんゆ》としての告白」であるとは、ウィーンでの暗殺未遂事件を〈喩えられるもの〉として持ち、それを雨田具彦の絵が喩えているということだ。つまり、その絵は〈喩えるもの〉となっている。そしてその部屋じたいを『騎士団長殺し』の絵の再現場面にするとき、その場面が新たな〈喩えるもの〉になり、雨田具彦の絵は〈喩えられるもの〉になる。新たに〈喩えるもの〉が成立することで、それまで〈喩えるもの〉だった絵が〈喩えられるもの〉に変化する。それを転化と呼んだのだが、そのとき、雨田具彦の絵から隠喩としての効力が失われる。〈喩えられるもの〉じたいには、隠喩としての力がないからだ。その結果、隠喩に託された画家の思いもまたその力を失う。そして絵に託されていた思い、つまり「隠喩《いんゆ》としての告白」が解除されることで、絵に込められていた雨田具彦の恨みや呪いが解かれる、というロジックを村上春樹は構想したと考えられるのである。

こうした転化を実現するために、「騎士団長」は「私」にいまこそ「あたしを殺さなくてはならない。そうしなければ環《わ》は閉じない。〔…〕ほかに選択肢はあらない」と説得する。雨田具彦の絵のなかのように、「騎士団長」を、つまり自分をこの場で殺せというのだ。そのとき、イデアが「とりあえず」の「仮の姿」と言いながら、「騎士団長」の姿を借りていなければならない必然性がはっきりする。イデアの「騎士団長」は絵のなかの「騎士団長」として殺されなければならない。そして絵の図柄をこの部屋で新たな隠喩として再現しなければならない。「私」が「雨田さんには、そこにいるあなたの姿が見えているのですか?」と問うと、「ああ、次第に見えてきたはずだ」と「騎士団長」は答える。つまり、雨田具彦を前に、彼が描いた隠喩としての絵をさらに隠喩的光景として見せることで、その絵じたいを〈喩えられるもの〉の側に、隠喩の力が発生しない領域に送り込もうというのである。

「諸君はただ彼に教えたのだよ。諸君が『騎士団長殺し』という絵画を屋根裏で見つけ出して、その存在を明らかにしたのだという事実を。それが第一段階だ。そこから始めなくてはならない」

「第二段階とは何ですか?」

「もちろん諸君があたしを殺すのだ。それが第二段階だ」

「第三段階はあるのですか？」

「あるべきだよ、もちろん」

「それはいったいどんなことですか？」

「諸君にはまだそれがわからないのかね？」

「わかりませんね」

騎士団長は言った。「われらはあの絵画の寓意の核心をここに再現し、〈顔なが〉を引っ張り出すのだよ。この部屋に連れ出すのだ。そしてそうすることによって、諸君は秋川まりえを取り戻す」

（第2部・51）


「第三段階」と説明されるのがこの場面の次の展開であって、それは並行して起こった「秋川まりえ」の失踪にかかわっている。だがそこで、第二の不可解さが立ちあがってくる。どうして雨田具彦の絵に託された恨みが解かれることと「秋川まりえ」失踪の解決がつながっているのか。言葉をかえれば、物語のなかで別々に起こった何の関係もないように見える二つの出来事を、村上春樹はどのように小説的な関係として結びつけているのか。その物語的ロジックがわからない。言い換えれば、「騎士団長」を殺し、その部屋を絵の隠喩的光景にすることで、画面の左端に描かれていた〈顔なが〉が絵のとおりに姿を見せることまでは理解できるが、ではいったい、〈顔なが〉を引き出すことがどうして「秋川まりえ」を取りもどすことにつながるのか。今度はその物語論的ロジックがわからないのだ。にもかかわらず、「私」は「騎士団長」に言われるままにその胸に包丁を突き刺す。

私は反射的に心を閉ざした。そしてしっかりと目を見開き、すべての思いを払いのけ、(あの『騎士団長殺し』のドン・ジョバンニがそうしていたように)すべての感情を奥に押し隠し、表情をそっくり消し去り、包丁を一気に振り下ろした。その鋭い刃先は騎士団長が指している小ぶりな心臓をまっすぐに刺し突いた。生きている肉体の具えた強い手応えがあった。騎士団長自身は抵抗のそぶりをみじんも示さなかった。小さな両手の指が空をつかもうともがいていたが、それ以外にはどのような動きも見せなかった。しかし彼の宿った身体は、すべての筋肉の力を振り絞って、切迫した死から逃れようと努めた。騎士団長はイデアだが、その肉体はイデアではない。〔…〕騎士団長は「あたしを殺しなさい」と言った。しかし現実に私が殺しているのは、ほかの誰かの肉体なのだ。すべてを放り出し、このままこの部屋から逃げ出してしまいたかった。しかし私の耳には騎士団長の言葉がまだ響いていた。「秋川まりえを取り戻すには、諸君はどうしてもそれをしなくてはならないのだ。たとえやりたくないことであっても」

だから私は包丁の刃を騎士団長の心臓により深くのめり込ませた。〔…〕刃先は彼の細い身体を突き抜け、背後にまで突き出た。〔…〕私が殺しているのはただの幻にすぎないのだ、これはあくまで象徴的な行為なのだ。

でもそれがただの幻ではないことは、私にはわかっていた。それはあるいは象徴的行為であるかもしれない。しかし私が殺しているのは決して幻なんかではなかった。

（第2部・51）

こうして隠喩的光景は成就する。「騎士団長」が文字通り絵のなかの「騎士団長」になり、「私」が「ドン・ジョバンニ」になることで、殺害の図柄がこの部屋で新たな隠喩の〈喩えるもの〉となったのだ。そしてそのとき、雨田具彦は間違いなく「騎士団長」の姿のうちに、絵の〈喩えられるもの〉を、つまり暗殺するべきであった「ナチの高官」を見ている。「雨田具彦はこれまで以上にかっと大きく目を見開いて、そこにある光景を直視していた。私が騎士団長を刺し殺している光景を。いや、そうじゃない、今ここで私に殺されようとしている相手は、彼にとっては騎士団長ではない。彼が目にしているのはいったい誰なのだろう？ 彼がウィーンで暗殺しようと計画していたナチの高官なのか」と疑問のかたちで示されているが、雨田具彦の視線がとらえているものは明らかである。

『騎士団長殺し』という小説は、「私」と「騎士団長」の接触面に、つまりはリアリズムとファンタジスムの接触面にこうした隠喩的光景を用意する。それは、「騎士団長」の出現によって、一挙に、しかもあともどりできないかたちで生じた二つの世界の「ずれ」そのものなのをつなぎとめる働きをする。その意味で、隠喩はこの小説独自のフィールドを支えている。そして付言すれば、そうした試みじたい、これまで日本の小説には希薄であり、村上春樹が隠喩とともに「地下鉄サリン事件」以降に切り開いた地平と言えるだろう。

消滅と出現　ゲームの規則

『騎士団長殺し』に託された「寓意の核心」が雨田具彦の目の前で再現されることで、「隠喩《いんゆ》としての告白」に託された思いが解かれ、彼が「救われ」ることは理解できたが、そのことと「秋川まりえ」の失踪事件の解決がどのようにつながるのか。留学時の雨田具彦の恋人と失踪した少女が重なり得ることはわかるが、それでも、二つの出来事を小説的にもっと強く結びつけるものはないのだろうか。穴（石室）から出現したイデアの「騎士団長」を絵の再現場面で殺すことが、どうして物語的に無関係に見える「秋川まりえ」の失踪を解くことになるのか、その不可解さはいっこうに見えてこない。そしてわれわれは、物語的にそのロジックをつきとめねばならない。

小説家は語らないものの、「騎士団長」を殺して雨田具彦の絵のメタファー的光景（〈喩えるもの〉）をつくることと「秋川まりえ」の失踪とのあいだには、しかしひとつのつながりが潜んでいる。それは、ひとつの対称性というか一対性である。

どういうことかと言えば、雑木林のなかの祠の裏の石塚の下の石室に閉じ込められていた「騎士団長」が姿を現すのは、当然、その穴からであり、他方、「私」のイメージのなかで「秋川まりえ」の姿が祠の裏手にまわり、その穴に近づくとき、「何かが始まりそうな予感が」し、じっさいに「秋川まりえ」はその穴に近づいてもいて、そのすぐあと彼女の行方がわからなくなる。一方は、穴から出現し、他方は、穴に近づくことで失踪する。ともに穴を介すことで、「騎士団長」の出現と「秋川まりえ」の失踪は物語的な一対性と対称性を形づくっている。単なる「出現」と「失踪」という言葉上の対義性だけではない。物語的な不可解さの源とも言うべき「穴」を共有しながら、一対性を形成しているのだ。

こうして「騎士団長」の出現と「秋川まりえ」の失踪が獲得している物語的な一対性を、村上春樹は物語的ロジックとして利用する。この一対性があるからこそ、一方が殺害されて消滅するとき、他方の出現が可能となるのだ。消滅と出現の一対性が、殺害と失踪解除の一対性を担保する、と言い換えてもよい。こうした構造性が潜んでいて物語的ロジックとしてはたらくからこそ、「騎士団長」を殺すことが「秋川まりえ」の失踪解除につながるのだ。

そしてこの構造的な一対性から、否応なく、例の消滅と出現をめぐるメタファー・ゲームが思い起こされる。そう、それはまぎれもなくフロイトの観察した光景で、その孫が母親の不在を埋めるために発明した糸巻きを用いた遊戯にほかならない。その遊戯＝ゲームの基本に、糸巻きを母親に見立てるという隠喩的一対性が認められるとすれば、いま、村上春樹が差し出す一対性のうちにも、消滅(失踪)と出現のゲームを認めることができる。その意味で、村上春樹は糸巻き＝母親に代わって騎士団長＝秋川まりえという隠喩的一対性を利用して、消滅と出現のゲームを物語として発明したと考えられるのだ。この一対性が成り立つ以上、出現した騎士団長が消滅すれば、消滅した秋川まりえが出現する。そうしたゲームの規則じたいを、この小説は物語的ロジックとして隠し持っている。『騎士団長殺し』は、いわば「いない・いた」遊びとしての物語を構成している、と言ってもよい。

メタファーとしての「私」　トリックスターとしての「私」

ところで、「私」が『秋川まりえの肖像』と『雑木林の中の穴』の絵を「左右交互に眺め」ながら、「この二枚の絵はどこかでつながっているのだろうか？」と自問する場面には、もうひとつ重要なことが記されている。それは、そのとき「私」が獲得する一種の自覚であり、自問のかたちを伴うものの、自らに与えられた役割に対する意識にほかならない。「私はそれらの絵を描くことによって、ひとつの物語を記録しているのかもしれない。そんな気がした。私はそのような記録者としての役割を、あるいは資格を、誰かによって与えられたのだろうか？〔…〕そしてなぜこの私が記録者に選ばれたのだろう？」というかたちで、「私」は「記録者」としての自分を意識する。

そしてこの「記録者」としての自覚を持つ存在が、この小説には「私」のほかにもうひとりいる。それは、雨田具彦の部屋を『騎士団長殺し』の絵の隠喩的な場面に変えたときに、「あの絵画の寓意の核心をここに再現し、〈顔なが〉を引っ張り出すのだよ」という「騎士団長」の示唆どおりに、部屋の隅に顔を出す「顔なが」にほかならない。

> そのようにして騎士団長は――騎士団長の姿をとったイデアは――遂に落命した。〔…〕何かがこの部屋の中にいる。何かがそこで動いている。〔…〕その音のする方を見た。そして部屋の奥の隅に

いるものの姿を目の端に認めた。

顔ながが、そこにいた。

（第2部・51）

こうして「顔なが」は、『騎士団長殺し』の再現を見届けるかのように、「部屋の隅に開いた穴からぬっと顔を突き出し、四角い蓋を片手で押し上げ」ている。その現れ方が『騎士団長殺し』の絵に描かれた光景とほとんど同じなのだ。絵では、「男は地面についた蓋を半ば押し開けて、そこから首をのぞかせていた。蓋は真四角で、板でできているようだ」となっていた。地面と部屋の床の違いはあるものの、どちらにも四角い蓋があり、「顔なが」はそれを半ば押し上げている。それが「顔なが」の基本姿勢であり、そのことに次の項で詳しく触れなおすが、「私」は「騎士団長」の助言を思い出し、とっさに「顔なが」をつかまえ、「秋川まりえ」を知っているか、と問いつめる。知らないと答えた「顔なが」に、「私」は「じゃあ、おまえはここでいったい何をしていたんだ？」と迫る。すると「顔なが」はこう答えるのだ。

「起こったことを見届けて、記録するのがわたくしの職務《つとめ》なのだ。だからそこで見届けていた。」

（第2部・52）

「顔なが」は「記録する」ことが自らのつとめだと答えている。それが「顔なが」の役割であり、まさに「私」の役割と同じなのだ。ともに記録する者であること。この類似に注意するとき、もうひとつの共通点が見えてくる。それはそのつづきに記されている。


「見届けるって、何のために？」

「わたくしはそうしろと命じられているだけで、それより上のことはわからない」

「おまえはいったい何ものなのだ？　やはりイデアの一種なのか？」

「いいえ、わたくしどもはイデアなぞではありません。ただのメタファーであります」

「メタファー？」

「そうです。ただのつつましい暗喩《あんゆ》であります。ものとものをつなげるだけのものであります。ですからなんとか許しておくれ」

（第2部・52）


「おまえはいったい何ものなのだ」と訊かれた「顔なが」は、はっきりと「ただのメタファーであります」と答えている。だから、記録するのがつとめだと言った「顔なが」がメタファーだとしたら、「記録者」の自覚を持つ「私」もまたメタファーの資質を有している、ということになる。しかも「顔なが」はメタファー（暗喩）を説明して、「ものとものをつなげる」と言い換えている。つまり逆にいえば、この小説で関係のないものが結びつけられるとき、それはメタファー関係に置かれるということでもあって、現に「私」は祠の裏の石室を掘り起こすことで『騎士団長殺し』の絵と石室＝穴に閉じ込められていたイデアをつなげているし、『秋川まりえの肖像』と『雑木林の中の穴』を交互に描くことで、穴と「秋川まりえ」をつなげてもいる。

だから「私」はすでにじゅうぶんメタファーの資質をそなえている。さらに言えば、「私」が初めて『騎士団長殺し』の絵のなかに見つけた男を「顔なが」と名づけ、「ある種のトリックスター」だと見なすのと同じ意味で、「私」もまた、異なるものどうしをつなげる媒介者の資質を持つ以上、まさに一種のトリックスターでもあるのだ。その意味で、この小説では、トリックスターであることがメタファーであることの同義語と言えるかもしれない。

「蓋」を超える　「鈴」を鳴らす

しかも、この小説には「私」が「顔なが」と重なるように、細部の重なりがさりげなく用意されている。『騎士団長殺し』の絵に「顔なが」がどう描かれているかを見るときに引用した個所のつづきに、次のような一文が小説家によって差し込まれていた。

画面の左下に、まるで本文につけられた脚注のようなかっこうで、その男の姿はあった。男は地面についた蓋を半ば押し開けて、そこから首をのぞかせていた。蓋は真四角で、板でできているようだ。その蓋はこの家の屋根裏に通じる入り口の蓋を私に思い出させた。（第1部・5）

「顔なが」が顔をのぞかせるのは、地面についた真四角の「蓋」からである。そして小説家はわざわざ、「その蓋はこの家の屋根裏に通じる入り口の蓋を私に思い出させた」と付け加えている。「蓋」を介して同じ身振りをすること。それは「私」を「顔なが」に近づけ、ともに記録する人間であり、メタファーであることを示しやすくする。絵のなかに「顔なが」を認めた「私」もまた、同じように「真四角な形」の「蓋」を「押し開け」、屋根裏から『騎士団長殺し』の絵をスタジオへ運び出しているではないか。この類似性が、メタファーとしての「私」を支える。

　この真四角な「蓋」は、異なる空間とのあいだに置かれていて、その意味で、一種の境界標識のような役割を果たしている。さらに言えば、真四角な「蓋」は物語が異なる場面に入ることを示すシグナル（符丁）にもなっている。それはなにげない記述にも表れていて、たとえば「秋川まりえ」の失踪が起こる直前、「私」が『秋川まりえの肖像』と『雑木林の中の穴』の二点の絵を「左右交互に」眺める個所に、このように登場している。

> その二つを見比べているうちに、秋川まりえが祠の裏手にまわり、その穴に近づいていく光景が頭に浮かんできた。そこから何かが始まりそうな予感があった。穴の蓋は半分開いている。その暗闇が彼女を導いている。（第2部・42）

何かが起こりそうな予感を語るところで、「穴の蓋は半分開いている」と小説家は書いている。「蓋」が半ば開いていることが、何かが起こる予感を、つまり物語的に次の局面に移行することの符丁になっているのだ。そこで想起してほしいのは、イデアの「騎士団長」の出現にしろ、秋川まりえの失踪にしろ、この小説のなかで何か不可解なことが起こるとき、つまり新たな物語的局面が展開しようとするとき、そこには「蓋」とその越境の身振りが記されていることだ。「騎士団長」は四角い格子のある「蓋」の付いていた石室を掘り起こしたことで出現し、秋川まりえはその穴の「蓋」に近づくことで失踪したではないか。半分開いた「蓋」は、そのように何かが起こることと関連している。その意味で、「蓋」は物語的な標識というか符丁になっている。

さらに、「私」は屋根裏で発見した『騎士団長殺し』のことを考えながら雑木林のなかの小径を散歩していたときにも、「自分が背後から誰かにじっと見られているような奇妙な感覚」を覚え、「まるであの「顔なが」が地面の四角い蓋を押しあけて、画面の隅から私を密かに観察しているみたいな」気配を感じていたではないか。この「奇妙な感覚」も何かが起こる予感につながるものだ。

つまり、「顔なが」も「私」も、四角い「蓋」を越えるか、越えようとしている存在にほかならない。しかも両者には、ともに記録者であることを通して「もののとものをつなげる」メタファーとしての属性が共有されていた。その属性を、トリックスターと呼び得ることさえ指摘したが、そうした点を踏まえれば、『騎士団長殺し』という小説は、とりわけ後半、この「私」がメタファーになる、メタファーとして生まれ直す物語と言えるのだ。

では、村上春樹はどのように「私」をメタファーにするかと言えば、「顔なが」の言うとおり、「蓋」の下に広がる「二重メタファー」と呼ばれる地底世界を「私」に踏破させることによってである。その踏破じたい長く、多くの苦痛を「私」に強いるが、ついには「私」がその「二重メタファー」の世界についての認識を得るとき、果てしなくつづくと思われていた地底世界は終わりをむかえる。それは、「この場所にあるすべては関連性の産物なのだ。絶対的なものなど何ひとつない。痛みだって何かのメタファーだ。この触手だって何かのメタファーだ。すべては相対的なものなのだ。光は影であり、影は光なのだ」という認識にほかならない。「私」がこの「二重メタファー」の地底世界をそのように悟ったとき、「出し抜けに狭い穴が終わる。そしてその狭い横穴をなんとか抜け出したとき、「私」は一つの空間へと出ている。

片手で目を覆い、時間をかけて薄目を開け、指の隙間からあたりの様子をうかがった。見たところ、私はどうやら円形の部屋の中にいるようだった。それほど広い場所ではなく、まわりを壁で囲まれている。人工的な石の壁だ。私は頭上を照らしてみた。そこには天井があった。いや、天井ではない。天蓋のようなものだ。光はどこからも差し込んでこない。

やがて直感が私を打った。これは雑木林の中の、祠の裏手にあるあの穴だ。(第2部・55)

「私」は地底の「二重メタファー」の世界をともかくも踏破して、その挙句、出たところは「雑木林の中の、祠の裏手にあるあの穴」である。しかし「穴」は「天蓋のようなもの」によってふさがれ、「私」はそこから脱出できない。それは文字どおり「天」の「蓋」である。当然、「壁に立てかけられていたはずの金属製の梯子」も見当たらない。「穴」に出たものの、「私はこの穴の底に閉じ込められ」てしまったのだ。この先、「私」はどのように振る舞うのか。目が慣れてきた「私」は、周囲を見回す。

> 私は狭い横穴を抜けて、この穴の底に落下した。まるで赤ん坊が空中で生み落とされるみたいに。なのにその横穴の口がどこにも見つからないのだ。〔…〕懐中電灯の光はやがて地面の上にあるものを照らし出した。見覚えのあるものだ。騎士団長がこの穴の底で鳴らしていた古い鈴だった。
>
> （第2部・55）

「穴」の地面に「私」が見出すのは、例の「古い鈴」である。スタジオの「棚の上に置いたはずの鈴はもうそこにはなかった」と記されていた「鈴」にほかならない。スタジオの棚の上から忽然と消える不思議さを、「騎士団長」はそののち「むしろ場に共有されるものだ」ともっともらしく語っていたが、要は、物語の展開に、そうしたモノがひとりでに移動していることが必要だからだ。では、なぜここで「鈴」が「穴」の底になくてはならないかといえば、「天蓋のようなもの」で出口をふさがれた「私」は自分の存在を外部に伝えるためにその「鈴」を鳴らす必要があるからだ。現に、「私」はこのあとひたすら、「騎士団長がやったように」この穴の底で「古い鈴」を鳴らしつづける。そしてそれこそが「私」をメタファーにする。「穴」に閉じ込められた「私」が「古い鈴」を鳴らすことで、イデアの「騎士団長」をなぞり、そのメタファーとなる。ともに祠の裏の「穴」に閉じ込められ、そこからの脱出を求めて「鈴」をひたすら鳴らすこと。この共通性により、「私」は自らが『騎士団長殺し』の絵にならって殺害した「騎士団長」のメタファーそのものとなって、「穴」から生まれ直すのだ。

そう、「私」は「騎士団長」のメタファーとしてこの「穴」から誕生する。その意味で、この「穴」は「私」の母胎なのだ。だからこそ、「私」がこの「穴の底に落下した」状態が「まるで赤ん坊が空中で生み落とされるみたいだ」と描かれるのだし、すでに、スケッチブックに描かれたこの「穴」を見たときの「私」は「実物の穴より、より生きている」と感じ、「それが女性の性器を連想させることに気づ」いたのだ。それはやがて、この「穴」がメタファーとしての「私」を生むことになるからである。しかもこの「穴」にはいまや第二の「蓋」とも言うべき「天蓋のようなもの」がかけられているではないか。かつてイデアの「騎士団長」がこの「穴」から解き放たれたとき、「敷石はそっくり取り除かれ、そのあとに穴が口を開けていた。四角い格子の蓋も取り外され」た、と記されていた。それは「重そうな木製の蓋だ」った。イデアがその四角い「蓋」から姿をのぞかせたとすれば、そして「顔なが」が地面にある四角い「蓋」から顔をのぞかせていたとすれば、「私」が「蓋」から顔を出すことじたい、「顔なが」や「騎士団長」の動きをなぞるものだ。そしていま、「私」は閉じ込められた「穴」の底で、「騎士団長」のメタファーとして「古い鈴」を鳴らし、解放を求める。

「私」は「天蓋」を越えて外へと解放される。なにしろ、いまや「騎士団長」のメタファーとなった「私」は、当然、「騎士団長」の動きをなぞって「穴」から出ることになるだろうから。じっさい、その「鈴」の音を聞きとどけてくれたのか、気がつくと、「誰かが穴の上から私の名前を呼ん」でいるとあるように、「私」は「騎士団長」と同じようにこの「穴」から救い出される。その意味で、『騎士団長殺し』という小説は、絵の光景さながらに雨田具彦の部屋で刺殺された「騎士団長」に代わって、「私」がついにはそのメタファーとしてふたたび生まれ直す物語でもあるのだ。

そしてわたしはいま、驚きと興奮を禁じ得ないでいる。というのも「私」が、殺害され消滅した「騎士団長」のメタファーとして生まれ直すことで、「顔なが」を引っ張り出すことと「秋川まりえ」の出現をつなぐ物語的ロジックが見えたからだ。そう、「顔なが」の出現は「私」を消滅した「騎士団長」のメタファーとして生まれさせるために必要だったのだ。メタファーとしてみれば、再出現した「騎士団長」(「私」である)は「秋川まりえ」とのあいだに結んだ隠喩的一対性を取りもどす。そしてそのとき、二人のあいだのメタファー的つながりを通して、あの物語のモーメントが働く。どういうふうにそのモーメントが作用するかと言えば、「騎士団長」が「穴」からふたたび出現したとすれば、二人の隠喩的類似性(「穴」を共有していたではないか)をもとに、「秋川まりえ」にも失踪状態から出現に向けた動線が敷かれることになるからだ。「騎士団長」の出現をなぞるように、メタファー関係から生じるモーメントは「秋川まりえ」に作用する。それが物語的にこの少女の行方不明を解除する方向に働き、じっさい彼女はふたたび姿を見せることになるのである。

さらに言えば、イデアの「騎士団長」のメタファーとして「私」が生まれ直すとき、そのメタファー関係を通して、「騎士団長」と「私」のあいだに「消滅」と「出現」のゲームが成り立つ。そしてすでに見たように、「秋川まりえ」とメタファー関係を結んだ「騎士団長」は、この少女とのあいだに「消滅」と「出現」のメタファー・ゲームを繰り広げていた。そう、イデアの「騎士団長」は絵の通りにメタファーとして殺害されることで「消滅」し、「秋川まりえ」の「出現」を促し、「私」をもメタファーとして「出現」させているのだ。それほど『騎士団長殺し』という小説には、メタファー関係をもとにした「消滅」と「出現」の遊戯＝物語が横溢している。「地下鉄サリン事件」をめぐるインタビューをきっかけとして、この小説家はメタファーに物語の構築方法を見出したと指摘したが、ここまでメタファーに潜む力とその可能性を押し広げたことに、わたしは驚きを超えた畏怖のようなものを感じている。

移動あるいは「メタファー家族」の誕生

こうして「地下鉄サリン事件」のあとに書かれた長篇を読みついでくると、奇妙な既視感にさいなまれる。『海辺のカフカ』では、田村カフカ少年の母親が、彼の幼いときに家を出ていて、結局、佐伯さんという年配の婦人にその母の面影が託された。『1Q84』では、天吾の母が一つの映像だけを残して夫のもとを出てしまい、父と育った彼は、その映像を思い浮かべるだけで通常の状態ではいられなくなる。まるでその失われた母を求めるように、すでに妊娠している青豆と結ばれ、一種の「聖家族」を作り上げた。そして『騎士団長殺し』では、天吾と青豆を受け継ぐように、最終的に「私」は、別居中に妻が妊娠した子ども（だからそれは生物学的には「私」の子どもではない）と三人で家族を作ろうとする。その家族は、厳密には「聖家族」ではない。青豆が性交渉をともなわずに妊娠したのに対し、「私」の妻の柚《ゆず》［しばしばユズと表記される］は、「私」と別居中、新たな恋人と定期的にセックスしていて、可能性としてはその恋人の子どもと考えられるからだ。だが奇妙なのは、ユズが「私はその人とのあいだでも注意深く避妊していた。子供をつくるつもりはなかったから。あなたも知っていると思うけど、私はそういうことにはすごく慎重な性格なの」と口にしていることだ。「彼がその子供の父親だという確信が私には今ひとつ持てない」とさえ、ユズは断言する。しかも、ユズが妊娠した時期に、遠く離れた場所を旅していた「私」は彼女とのリアルな性夢を見ている。

わたしの抱いた奇妙な既視感は、小説によって状況はみな違うのに、「地下鉄サリン事件」後に書かれ長篇、特に『1Q84』と『騎士団長殺し』では、家族が、それも失われた家族の回復が色濃く物語に描かれていることだ。そこには、『アンダーグラウンド』のインタビューで傷ついた家族にふれた経験がかかわっているのかもしれない。作者がそのことについて何も語っていない以上、推測の域を出ないが、「地下鉄サリン事件」のまえに書かれた『ねじまき鳥クロニクル』では、主人公の失踪した妻は完全にはもどっておらず、失われた家族は回復しているとは言えないだけに、いっそう、わたしの抱いた奇妙な既視感と『アンダーグラウンド』のインタビューが無関係には見えない。

ところで、『騎士団長殺し』にかぎって言えば、第2部の43章の構成に、小説構築への作者の意思が透けて見えている。43章が語るのは、久しぶりに友人の雨田政彦が「私」の借りている家を泊りがけで訪ねてきた翌朝である。前日、活きのいい鯛と生牡蠣を買ってきた政彦は、自ら包丁持参で、その鯛をさばいて刺身をつくり、ふたりで酒を酌み交わしながら夜遅くまで語り合った。政彦には、「私」と別居中のユズの妊娠のことを報告する必要もあったからだ。政彦は、言いにくかったが、ユズの妊娠の相手が自分の同僚だということを打ち明けた。43章は主として、その翌朝、先に起きた「私」がひとり思いにふける場面と、つづいて、遅れて起きてきた政彦が帰り支度をはじめた際の「腑に落ちないこと」からなる。もっとも、そのあとまたひとりになった「私」がふたたびひたる思いも短く語られてはいる。じつに自然に配されたその並びに、しかし小説的な意思が感じられるのだ。二つ並べて引用する。

> 雨田はコーヒーを飲み干し、服を着替え、真っ黒な四角いボルボを運転して帰って行った。いくらか腫れぼったい目をして。「邪魔したな。でも久しぶりにゆっくり話せて楽しかったよ」
> その日、ひとつ腑に落ちないことがあった。それは雨田が魚をおろすために持参した出刃包丁がみつからなかったことだ。使用後に丁寧に洗ったきり、どこに持っていった覚えもないのだが、二人で台所じゅうを捜し回ってもそれはどうしても見つからなかった。
> （第2部・43）

> しかしその朝、『騎士団長殺し』を眺めながら、私の頭からはどうしてもユズの顔が去らなかった。あれはどう考えても夢なんかじゃない、と私はあらためて思った。きっと私はあの夜、本当にあの部屋を訪れていたのだ。〔…〕私は現実の物理的制約を超えて、何らかの方法であの広尾のマンションの部屋を訪れ、実際に彼女の内側に入り、本物の精液をそこに放出したのだ。人は本当に心から何かを望めば、それを成し遂げることができるのだ。私はそう思った。ある特殊なチャンネルを通して、現実は非現実的になり得るのだ。
> （第2部・43）

ページから見ても、二つの引用個所は段落をひとつはさむだけでほぼ連続している。この隣接を、小説的な方法として村上春樹は用いている。どういうことかと言えば。小説家は、目立たないように類似性を強調したい場合、その二つのものをあえて近くに置くことがある。隣接性が類似性をはぐくむことがあるからだが、いま挙げた二つの引用にも、隣接によってしるし付けられた共通性があるのだ。一方は、政彦の持参した「出刃包丁」が見当たらないことであり、もう一方は、「きっと私はあの夜、本当にあの部屋を訪れていたのだ」と語られるユズとの性夢である。政彦から聞いたユズの「妊娠七ヶ月」という言葉から、ユズの受胎した時期に東北を車で一人旅していた「私」は、とてもリアルな性夢を見ていて、「それはあまりに生々しい感触を伴う記憶だったので、とても夢だとは思えなかった。私は本当にあの広尾のマンションを訪れ、本当にユズと性交し〔…〕ユズの性器はペニスをまわりから締め付け、私の精液を一滴残らず自分のものにしようとしていた」というすごくリアルな記憶をもとにしている。だからこそ、「ある特殊なチャンネルを通して、現実は非現実的になり得るのだ」という思いを「私」は抱くようになる。

では、いったい「出刃包丁」の紛失とユズとの性夢とのあいだに、どのような類似性があるのか。いくら近くに並べても、この二つには類似性などないようにしか見えないが、しかし、あるのだ。ユズとの性夢の場合、「そのとき私は青森の山中にいて、彼女は（おそらく）東京の都心にいた」と記されているように、そこには距離が介在していて、どうしても不可能な移動という問題に逢着せざるを得ない。そして小田原にある家から消え失せてしまった「出刃包丁」も、次にそれが姿を現わす場所（伊豆高原にある雨田具彦の部屋）

を考えれば、同じくありえない移動という問題にふれている。なにしろその「出刃包丁」は、だれが運んだわけでもないのに伊豆高原にある施設の雨田具彦の部屋の、「整理ダンス」の抽斗《ひきだし》からふたたび現れるからだ。「私」が、部屋を絵の隠喩的場面にするために「騎士団長」に自分を刺し殺すよう強く促され、彼の持っていた剣で刺そうとするものの「小さすぎることがわかっ」て、別のものを求めると、「騎士団長」は小さなタンスを指す。

私は整理ダンスの前に行っていちばん上の抽斗を開けた。
「その中に魚をおろすための包丁が一本入っているはずだ」と騎士団長が言った。
抽斗を開けると、きれいに畳まれた何枚かのフェイス・タオルの上に、たしかに出刃包丁が置かれていた。それは雨田政彦が鯛を調理するためにうちに持参した包丁だった。〔…〕
「さあ、それを使ってあたしをぐさりと刺し殺すのだ」と騎士団長は言った。〔…〕
包丁を手に持つと、それは石でできたもののようにずしりと重かった。〔…〕雨田政彦の持参した包丁はうち台所から姿を消して、この部屋の抽斗の中で、私がやってくるのを待ち受けていたのだ。

（第2部・51）

「私」の家の台所で鯛をさばいたときに使われた雨田政彦の持参した「出刃包丁」は、いつの間にか、雨田具彦の「部屋の抽斗の中で、私がやってくるのを待ち受けてい」た。そしてその不可解さは、青森の山中にいた「私」が東京にいるはずのユズとのリアルなセックスにもあてはまる。「本当にあの広尾のマンションを訪れ、本当にユズと性交したのだ」とは、不可能な、それも瞬時の移動を前提としている。そこには、ともに「腑に落ちない」移動が共有されていて、その類似性を、小説家は隣接によって密かに強調していたのだ。

もちろん、「腑に落ちない」とは、リアリズムの支配する世界から見て、ということだが、そうした「腑に落ちない」移動がこの小説にはほかにも存在する。言うまでもなく、それは「騎士団長」を殺害したあと地底の「二重メタファー」の世界に入る「私」の踏破である。『騎士団長殺し』を雨田具彦の部屋で再現した「私」は、「秋川まりえ」を救い出すべく、選択の余地なく地底にある「二重メタファー」の世界を踏破し、雑木林のなかの「穴」に出たではないか。この踏破こそが不可解な移動にあたる。そしてその移動の重要な点は、その前と後で、移動者がメタファーになっていることだ。「私」は本質的にどこも変わっていないのに、移動を果たしたあと、「騎士団長」に接続し、メタファー的な存在に変わっている。そして「私」の家の台所から消えた「出刃包丁」は雨田具彦の部屋のタンスの「抽斗の中」まで移動し、『騎士団長殺し』を再現するメタファー的場面で殺害の重要な道具として使われる。「出刃包丁」は、絵のなかの剣の代わりとなり、つまり剣のメタファーとなっているのだ。その移動は、小説の構築から考えれば、「腑に落ちない」どころか、絶対に必要なものである。

さらに、この小説には「腑に落ちない」移動を行なうモノが二つある。その一つは、「私」の家のスタジオの「棚の上に置いたはずの鈴」で、それはいつの間にか、「どこかに消えて」しまい、「私」が地底の「二重メタファー」の世界を踏破した果てにたどり着く「穴」の底に移動している。どうしてスタジオの棚の上から穴の底に移動していたかは分からないが、その鈴を手にして鳴らすことで、「私」は「騎士団長」をなぞり、そのメタファーとなっている。その意味で、この「古い鈴」もまた移動の果てにメタファーにかかわっていると言える。そしてもう一つのモノは、「秋川まりえ」の失踪後、「穴」を再点検した際に免色が発見して「私」に手渡すプラスチックの「ペンギンの人形」である。「秋川まりえ」は「穴」のなかには一度も下り立っていないから、その人形はいつの間にか、「秋川まりえ」のもとから「穴」の底に移動し、そこで発見され、「私」に渡されたのだ。もともとそれは、「景品としてもらって、ずっとお守り代わり」に携帯電話に付けていた「ペンギンのフィギュア」なのだ。あとから「秋川まりえ」は振り返って、「ペンギンのお守りはどこかでうっかりなくしたのかもしれない」と思い当たるが、それがいつの間にか「穴」に移動していた。そのことじたいはたしかに不可解だが、明らかに、「穴」の底を点検した免色を通じて「私」の手に移ることが小説的には必要なのだ。というのも、「私」が地底の「二重メタファー」の世界で、「無と有の狭間」を流れる川の渡し守に、渡し賃を要求され、たまたまポケットに入れたままになっていた「秋川まりえ」の「ペンギンのフィギュア」をその「代価」として支払うからだ。「ペンギンのフィギュア」もまた、「二重メタファー」の世界で、川を渡るための「代価」となり、渡し賃のメタファーとなっている。

その意味で、「腑に落ちない」かたちで消えたモノはみな移動したのち、メタファーにかかわっている。メタファーとは、異なるもののあいだで類似性をもとに成り立つ関係だが、そのモノが同じ場合、そのままでは異なるものとの関係になり得ない。そのようなときにこそ、移動が必要となり、移動した先で、同じモノでありながらメタファーになり（あるいはメタファーにかかわり）、移動前とは異質なものになるのではないか。地底の「二重メタファー」の世界を踏破する前と後で、「私」自身は同じでありながら、移動の末に「騎士団長」のメタファーになることで物語的に以前の「私」とはちがっている。

そしてそこから考えれば、青森の山中にいた「私」が広尾のマンションの部屋に移動し、性夢のなかでユズとセックスしたことじたい、移動の果てにメタファーにかかわっている、と推論できるだろう。では移動を果たした「私」は、どのようにメタファーにかかわっているのか。

「私」の性夢とほぼ同じ時期に、ユズは受胎している。ユズ自身、「彼（夫と別居中に付き合っている恋人）がその子供の父親だという確信」が「今ひとつ持てない」と言っているし、そこに意図的なウソは「私」には感じられない。「私」はユズに向かって、自分は「君の産もうとしている子供の潜在的な父親であるかもしれない」し、「ぼくの思いが遠く離れたところから君を妊娠させたのかもしれない。ひとつの観念として、とくべつの通路をつたって」と告げさえしている。もちろん、リアリズムの視点に立てば、「とくべつな回路」などという言い方は認められないし、即、生物学的な意味で父かどうかという問題が差し出されるだろう。しかしわれわれは、もちろん「とくべつの通路」がメタファーという回路にほかならないことを知っている。「私」自身、そのことを承知しているのだ。生まれた子どもをめぐって、「私」はこう断言するではないか。その「父親はイデアとしての私であり、あるいはメタファーとしての私なのだ」と。「メタファーとしての私」がその子の父親だとしたら、当然、その「私」がユズと生まれてくる子どもと形づくる家族は「メタファー」的にならざるを得ない。「私」が『騎士団長殺し』の最後に選択するのは、そんな言葉があるとして、まさに「メタファー家族」にほかならない。そこに、「聖家族」の誕生を見た『1Q84』からの、『騎士団長殺し』における小説的な変化と前進が刻まれている。

ところで最後に、わたしは一つのことを思い出している。『海辺のカフカ』を論じた第5章の最後に、未解決のまま差し出しておいた疑問である。それは、「どうしてメタファーは移動を呼び寄せるのか」という問いだった。そしていま、そのことに『騎士団長殺し』を読むことを通して、ひとつの答えをもって向き合っている。つまり、移動とは、同一のものが異質性を帯びてメタファーとなるのに必要なプロセスであり、そのプロセスを可視化したものが距離の移動にほかならない。その点に、メタファーと移動の親和性があって、移動の果てにメタファーが待ち受けているのはそのためである。この関係性を見つけたことで、村上春樹は修辞学でいう狭義のメタファーを物語構築に使えるものに変えたとも言えるのだ。考えてみれば、『海辺のカフカ』の偶数章はナカタさんの移動で埋めつくされていたし、さらには、カフカ少年が高松の神社にいながら、瞬時には移動できない東京にいる父親をナカタさんとメタファー関係を結んで殺害してもいた。『1Q84』でもまた、1Q84年の世界から1984年の世界への移動が語られていたではないか。こうして小説家は一作ごとに以前の作品を継承しながらも、それを乗り越えてきたのであり、その意味で、『騎士団長殺し』は『海辺のカフカ』の延長線上に可能になった物語と言うことができるだろう。

第10章 記号操作からメタファー構造へ

英語版から消えたページ

一つの事実から話をはじめよう。それは、「地下鉄サリン事件」の前に書かれた長篇『ねじまき鳥クロニクル』(第3部の刊行は一九九五年八月)にかかわる。この小説については、すでに拙著『村上春樹とハルキムラカミ』(ミネルヴァ書房)のなかで論じたが、それを書いたときには、その事実に気づいていなかった。その事実とは、『ねじまき鳥クロニクル』は日本語オリジナル版と英訳版では厳密に同じものではないということだ。作品が英訳される際に、ときどきあることと言えばそれまでだが、『ねじまき鳥クロニクル』の英訳版からは、第2部と第3部から、それぞれ二つの章が省略されている。英訳版の扉裏の版権そのほかを記したページには、「日本語からの翻訳と改作は、著者の参加のもとジェイ・ルービンが行なった」旨の一行がはいっている。単に翻訳された(translated)だけではなく改作された(adapted)と付け加えられているから、そのことじたいは何の問題もない。おそらく、英語圏の読者から見て冗長と映りそうな章が省略されたのだろう。ただ、省略されたなかに、『ねじまき鳥クロニクル』のなかで最も重要だと思われる第2部「予言する鳥編」の最終18章がふくまれている。

具体的に、どういうことか。わたしはその第2部最後の18章で六ページ以上(『村上春樹全作品1990-2000』版で)つづく個所に、主人公「僕」の世界観がもっともよく表れていると考えている。「十月の半ばの午後のことだが、区営プールでひとり泳いでいるときに、僕は幻影のようなものを見た」とはじまる個所で、第1章で引用した六ページほどつづく場面だ。そのとき引用・紹介しなかった個所を中心に示せば、以下のようになる。

そしてそのとき僕は幻影を見たのだ。あるいは啓示のようなものを。
ふと気がつくと僕は巨大な井戸の中にいた。僕が泳いでいるのは区営プールではなく、その井戸の底だった。身体《からだ》を取り囲む水はもったりと重く、温かかった。そこでは僕はまったくのひとりぼっちで、まわりの水音はいつもとは違う奇妙な響き方をした。僕は泳ぐのをやめ、静かに水に浮かんでゆっくりあたりを見回し、それから仰向けになって頭上を見上げた。〔…〕まわりは深い闇に包まれ、ちょうど頭上に丸く綺麗に切り取られた空が見えるだけだ。〔…〕ここに井戸があり、その底に今こうして僕が浮かんでいるというのは、とても自然なことのように思えた。〔…〕
それからどれくらいの時間が経過したのだろう、やがて音もなく夜明けがやってきた。〔…〕いくつかの明るい星はしばらくのあいだ空の一画に残っていたが、それも結局は鈍くかすみ、かき消されてしまう。僕は仰向けになって重い水の上に浮かんだまま、じっと太陽の姿を眺める。眩しくはない。まるで濃いサングラスをかけているみたいに、僕の両方の眼は〔…〕守られている。

少しあとで、太陽が井戸のちょうど真上あたりに差しかかったとき、その巨大な球体に微かな、しかし明確な変化が生じる。〔…〕やがて太陽の右側の隅にまるであざのような黒いしみが現れるのが見える。そしてその小さなあざは、ちょうどさっき新しい太陽が夜の闇を浸食していったのと同じように、じわじわと太陽の光を削りとっていく。〔…〕

でもそれは正確な意味での日蝕ではない。〔…〕ロールシャッハ・テストを受けるときのように、僕は眼を細めてそのあざの形の中に何かしら意味のようなものを読み取ろうと試みる。でもそれは形でありながら形ではなく、何かでありながら何かでもない。その形をじっと見つめていると、僕は自分というものの存在にだんだん自信が持てなくなってくる。〔…〕大丈夫、間違いない。間違いなく僕はここにいる。ここは区営プールでありながら井戸の底であり、僕は日蝕でありながら日蝕でないものを目撃しているのだ。

（第2部・18）

この引用から何がもっとも言いたいかと言えば、「僕」のいまいるここが二つの場所になってしまっていることだ。「僕」は明らかに「区営プール」にいまいて、泳いでいる。なのに、とつぜんその場所が「井戸の底」になってしまう。「ふと気がつくと僕は巨大な井戸の中にいた」とあるように。断っておくが、「僕」がいるのは井戸の底のような場所ではない。つまり「〜ような」を用いる直喩（明喩）で表現される場所ではないし、「区営プール」を「井戸の底」で意味するメタファー（隠喩・暗喩）で示される場所でもない。その意味で、『海辺のカフカ』の「リンボ」とも、『1Q84』の「1Q84年」の世界とも、『騎士団長殺し』の地底の

「二重のメタファー」世界ともちがって、『ねじまき鳥クロニクル』の「僕」は「区営プール」と「井戸の底」が同時に成り立つ場所にいまいるのだ。それを、二つの場所が重ね合わせのようになると言ってもいいし、一つの場所が同時に二つに分裂すると言ってもよいかもしれない。「ここは区営プールでありながら井戸の底であり」という記述に、わたしはこれまでにない村上春樹の新たなリアリズム表現を認め、その新しさを特徴づけるために、あえて量子論的な世界観との親和性をかつて拙著で指摘したのである。

その、新しいリアリズムを論ずるのに必要なこの個所をふくむ第2部18章がそっくり英語版から削除されている。それに気づいた瞬間、その個所には村上春樹が踏み出した新たなリアリズムの方向性が示唆されていただけに、残念な思いもあったが、すべては作者も承知で判断したことだろうから、その判断じたいについていてどうこう言うつもりはない。

「僕」の右の頬の「あざ」　太陽の右側の「あざ」

それでも、この小説家が第2部・18章を書いて、『ねじまき鳥クロニクル』でやろうとしたことは見ておく必要がある。この同じ18章には、「僕」が出した手紙の返事として、間宮中尉からの手紙が紹介されていた。言うまでもなく、第1部の最後の二章(「間宮中尉の長い話・1」「同・2」)を費やして、ノモンハンで日本軍の諜報活動に従事していたとき、ソ連軍につかまり命と交換のように深い井戸の底に放り込まれた体験を「僕」に語った間宮中尉である。その彼からの手紙が同じ18章で紹介されていることのうちに、間宮中尉の井戸体験を、「区営プール」で「僕」の体験する「井戸の底」体験とつなげようとする小説家の意図が認められる。そして「僕」もまたじっさいに「井戸の底」にすでに降りてもいて(それは第2部5章・6章・7章・8章で語られる)、そのふたつの体験に18章のプールでの井戸体験はつながっている。間宮中尉の井戸体験と「僕」自身の井戸体験をつないだとき、「僕」は「区民プール」にいるのに「井戸の底」にもいる、という新たな体験が語りやすくなる。

それが意味するのは、間宮中尉が井戸の底で体験した神秘体験が「僕」の井戸の底で体験した「壁抜け」とも呼べる神秘体験につながるということだ。ちなみに、井戸の底での「壁抜け」体験は、「僕」が赤坂ナツメグをつぐ霊能者になる資質を持っていることを示すために物語的に必要なのだ。

ところで、断っておけば、霊能者が自らの霊能を発揮する場所は、リアリズムの世界である。本田伍長が霊能ともいうべき力を発揮し、間宮中尉が戦場では命を落とさないことを伝えるのは、物語内のリアルな世界においてであった。赤坂ナツメグが顧客の求めに応じて自らの霊能を使うのも、こちらの世界であり、それをやがて受け継ぐ「僕」も同様である。その意味で、幾つもの井戸体験を語る『ねじまき鳥クロニクル』の物語世界は、リアリズムに基礎を置いている。

だからこそ霊能者でも何でもない「僕」が霊能を身につけるには、そのしるしが求められる。しるしによって、霊能を示さねばならないからだ。そしてしるしにかかわるのが、先ほどの引用にある「太陽の右側の隅に」現れる「まるであざのような黒いしみ」にほかならない。ていねいに、「まるであざのような」とわざわざ記されているではないか。つまるところ、「日蝕」ではなかった以上、その「黒いしみ」は太陽にできた「あざ」と言ってもよい。というのも小説家は、その太陽の「黒いしみ」を「僕」の頬にできている「青黒いしみのようなもの」に対応させようとしていて、それはすでに井戸のなかで「壁抜け」体験をした際に、「僕」が「右の頬の上に激しい熱のようなものを感じた」ことから生まれた「あざ」にほかならない。「壁抜け」に端を発している「あざ」が太陽の「あざ」と重なることで、超自然的な霊能の資質を「僕」が有することのしるしとなり、結果、「僕」は赤坂ナツメグの目にとまることになる。その「右の頬」にできた「青黒いしみ」に「僕」が初めて気づく場面を、引用しておこう。髭を剃った「僕」は鏡に映った顔を眺める。

> 僕は思わず息を呑んだ。右の頬に何か青黒いしみのようなものがついていたのだ。〔…〕石鹸で丁寧に顔を洗いそれからタオルでそのしみの部分を強くこすってみた。でもしみは顔から取れなかった。〔…〕僕はその上を指で撫でてみた。肌のその部分は顔のほかの部分に比べると微かな熱を帯びているようだったが、それ以外に特別な感触はなかった。それはあざだった。井戸の中で熱を感じていたちょうどその部分にあざができていたのだ。
> （第2部・12）

「井戸の中で熱を感じていた」のが、まさに「壁抜け」と呼べる体験を「僕」が初めてしたときである。つまりそのとき「あざ」のできる部位に熱を感じることで、その「あざ」は霊能の資質をつげるしるしとなりうる。そしてそれは「右の頬」である。先ほどの引用で、太陽に生じた「黒いしみ」もまた「太陽の右側の隅」である。太陽に「黒いしみ」を認めた「僕」はそのとき、同じ「右」という言葉を通して、太陽と符丁による対応関係を結ぶ。それを、鏡像的な対応関係と言ってもよいが、その対応関係によって、太陽の「黒しみ」について言われる「形でありながら形ではなく」、「何かでありながら何かでもない」という特性がそのまま「僕」に及び、「僕」は「自分というものの存在にだんだん自信が持てなくなってくる」のだ。「形でありながら形ではな」い、「何かでありながら何かでもない」という肯定と否定の重ね合わせ状態が「僕」に結びつくとき、「僕」は自己の輪郭がおぼつかなくなり、自分の存在に自信が持てなくなるのだ。この、自身の存在の輪郭がおぼつかない先に、「壁抜け」があることは言うまでもない。

　このように太陽と「僕」をつなぎ、その両方の「右」側にできた「あざ」を重ねるのは、明らかに小説家の行なう言語による記号的操作(具体的に言えば二つの「あざ」を「右」にそろえる)であって、この工夫により、「あざ」は太陽の力をも帯びた霊能の資質を示す一種の聖痕となる。正確に言えば、聖痕の意味と価値を帯びる。そしてそれはまた、小説家がリアリズムの世界に霊能者の存在をなじませるための工夫にもなっている。その重ね合わせを可能にするため、「僕」は「区民プール」で泳いでいると同時に、間宮中尉が井戸の底から太陽を見て感じた神秘体験に重なるように、「井戸の底」にもいて、丸く区切られた空にある太陽を眺める必要があるのだ。

　そう見る限り、小説家の記号的操作が新たなリアリズム観を可能にした、と言えるかもしれない。「僕」の頬の右側にある「あざ」を太陽の右側にある「あざ」に重ねることにより、「僕」の頬の「あざ」は太陽の「あざ」の不可思議さを受け継ぐしるし＝聖痕になり、やがてその仕上げのように、赤坂ナツメグはその「僕」

の「あざ」に何かを伝授するように、濃厚な口づけをすることにさえなる。それが霊能のバトンタッチ＝伝授であることは言うまでもないが、神秘はこうした記号的操作によってリアリズムの物語世界のうちに根づくのである。

人は同時に二ヵ所にはいられない

ところで、右の頬に「あざ」のある「僕」は「区民プール」の水面に浮かびながら、同時に「井戸の底」にもいて、頭上の太陽の右側に「あざ」を認めるのだが、そこで小説家が行なっているのは、すでに見たように、記号的操作であって、厳密には、メタファー操作ではない。ふたつの「あざ」は類似性を持つものの、一方が他方の代わりをしていない以上、そこには〈喩えられるもの〉と〈喩えるもの〉の代理関係が成立していないからだ。それでも『ねじまき鳥クロニクル』の第2部18章のこの場面は、小説構築の視点から見て、いわば要《かなめ》の役割を果たしている。さらに小説家は「あざ」という符丁を意図的にこの場面以外でも用いることで、新たな世界観を示そうとしているように思われる。

たとえば、赤坂ナツメグが「僕」の霊能の資質に気づく場面で、その「あざ」が認識されている。赤坂ナツメグは、ついには「僕」を自らの後継者にしようとするが、その際には、すでに指摘したように、何かを伝授する儀式のように、「僕」の「あざ」に濃厚な口づけを行なう。それだけではない。中国大陸の動物園で獣医をしていたナツメグの父もまた、「右の頬に青黒いあざ」をもっていた。そう、「あざ」を頬の「右」に持つことで、ナツメグの父も「僕」と同じ符丁を付与され、それが二人に同じ世界観を与えるための記号的操作になっている。

この獣医の父親は、終戦のどさくさで、動物園で飼っている猛獣を殺さなければならなくなったとき、猛獣が生きている世界と「抹殺されて」しまった世界のあいだで、世界は異なっているはずなのに、そのずれが分からない事態に迷い込む。

世界というのは、回転扉みたいにただそこをくるくるとまわるだけのものではないのだろうか、と薄れかける意識のなかで彼〔獣医〕はふと思った。その仕切りのどこに入るかというのは、ただ単に足の踏み出し方の問題に過ぎないのではないだろうか。ある仕切りの中には虎が存在しているし、別の仕切りの中には虎は存在していない——要するにそれだけのことではあるまいか。

（第3部・10）

獣医の感じる「ある仕切りの中には虎が存在しているし、別の仕切りの中には虎は存在していない」回転扉とはまさに、シュレディンガーの思考実験が差し出す「猫の生きている」世界と「猫が死んでいる」世界の重ね合わせとしてある鋼鉄の箱と同じであり、さらには、「僕」が「区民プール」と同時に「井戸の底」の重ね合わせ状態にいるのと同じではないか。その意味で、「右」側に「あざ」を共有することが、シュレディンガーにちなんで言えば、量子論的な世界観を共有していることの符丁にもなっているのだ。そのとき、「右」側の「あざ」という符丁に、同じ一人の人間が同時に二つの場所にいるという含意もまた付与される。だから、頰の「右」側に「あざ」という符丁を持つ「僕」は、一人の人間が異なる場所に同時に分有される「壁抜け」状態になじむのだろう。すでに『海辺のカフカ』を論じた章で、リアリズムを支えるものとして、この、人は同時に二つの場所に存在できない、という論理と世界観を示したが、『ねじまき鳥クロニクル』では、それと接続する世界観が記号的操作によってもたらされていた。繰り返すが、それはメタファー操作によってではいない。そこに、「地下鉄サリン事件」の前と後での村上春樹の物語の構築方法の違いがあらわになる。そしてその地点から見るとき、そのあいだに位置する『アンダーグラウンド』の重要性があらためて浮かび上がってくる。

　こうして「目じるしのない悪夢」で気づいたことを、この小説家は物語づくりで実践していたことが分かる。「私たちが今必要としているのは、おそらく新しい方向からやってきた言葉であり、それらの言葉で語られるまったく新しい物語(物語を浄化するための別の物語)なのだ」と村上春樹は言っていた。浄化しなければならない物語とは、麻原彰晃が思いついた、阪神大震災の反復としての「地下鉄サリン事件」にほかならない。その物語構造を「結果的なメタファー」にあると見抜くことで、小説家は「浄化」としての物語を長篇小説として書いていたのだ。それも、小説の構築にメタファー構造を用いて。それは、「私たちはいったいどんな有効な物語を持ち出すことができるだろう?」という自問に貫かれた行為でもある。「麻原の荒唐無稽な物語を放逐できるだけのまっとうな力を持つ物語」でなければならないからこそ、麻原の〝小説家としての読み〟に見られたメタファー構造を用いた物語を差し出す必要が小説家にはあったのではないか。

そしてわれわれは最後にもう一度、『ねじまき鳥クロニクル』の英語版から第2部18章が省略された意味にもどらねばならない。「区民プール」にいながら「井戸の底」にいるといった量子論的な事態には、少なくとも英語圏では、太陽の「右」側の「あざ」と顔の「右」側の「あざ」といった言語の操作や記号の操作では乗り越えることのできないものが強く感じられるのではないか。だからこそ、SF的物語世界がリアリズム観の異なる別ジャンルとして用意されているのだろう。リアリズムの世界では、一人の同じ人間が同時に二ヵ所にいる、となっただけで、その世界は崩れてしまう。それが、英語圏をも含めたリアリズム感覚である。しかしそうした両義的な世界を、SF的世界ではなくこのリアリズムの物語世界にいわば軟着陸させ、可能にするために、村上春樹は「地下鉄サリン事件」以降の長篇小説にメタファー構造を呼び込んだのではないかと思われる。

そうしたリアリズムの限界《リミット》に、村上春樹は『ねじまき鳥クロニクル』の英語版で逢着したと思われる。それがわたしの考える第2部18章の削除されたもうひとつの、より深い理由であり、この小説家は「地下鉄サリン事件」を通して見出したメタファー構造に、この問題を回避する方法を求めたのではないか。メタファー構造を用いれば、一人の人間が同時に二ヵ所にいるのと同じ効果を得ることができ、それを用いれば、リアルな世界(物語)を語りながら同時にそこにない非現実的な世界(物語)をも語ることができる。

そう考えるとき、『ねじまき鳥クロニクル』で同時に同じ人間に対して重なった「区民プール」と「井戸の底」が、「地下鉄サリン事件」以降の長篇小説では、メタファー構造に変換され、あるいは距離の移動の問題に代わったという筋道が見えてくる。『海辺のカフカ』では、四国にいるカフカ少年が東京にいる父親を殺すという非現実的な物語も、ナカタさんというメタファーを介せば可能になり、『1Q84』では、青豆が天吾の失われた母親のメタファーとなることで、天吾とともに非現実的な「1Q84年」の世界から「1984年」の世界へ手を携えてもどることが可能となり、『騎士団長殺し』では、「私」が最終的にメタファーになることと、非現実的な「騎士団長」の出現や地底の「二重メタファー」の世界が無関係ではない。村上春樹はメタファーという方法を駆使することで、同じ人間が同時に二ヵ所に存在し得るというリアリズムを破壊しかねない限界を克服しようとしたのではないか。そうした地平に、村上春樹は「地下鉄サリン事件」のあと、新たな言葉で書かれた新たな物語を求めることで押し出されたのである。

おわりに

村上春樹とは、同じ大学キャンパスで何年か学生生活が重なっているはずだ。もっとも、キャンパスで見かけたこともすれ違ったことも記憶にない。エッセイなどを読むと、そのころ彼は立ち上げた店に専念していて、あるといえば、おぼろですり切れかけた一つの映像だが、これには偽の映像記憶の可能性がある。

その記憶というのは、キャンパスの当時の事務所前がやや暗いピロティー風の通り抜けになっていて、SNSのかけらもない時代、その隅の掲示板に、学生を呼び出すための張り紙スペースがあった。単に、名前を書いた紙が鋲で止められていただけの、素朴な作りのものだ。村上春樹が小説家としてデビューしたとき、どこかで見た名前だなと思いながら、不意に、理由もなくその掲示板の映像が出てきた。その思いがけないつながりから、その掲示板に村上春樹の名前を見たことがあるような気がしたのである。

思ってもいなかったピロティーの隅の掲示板が筆先から出てきたのは、おそらく、本書の刊行のタイミングがたまたま長年勤めたそのキャンパスを去る年に重なったからではないか。ともあれ、本書で村上春樹を論じるのは三冊目である。これまでに『村上春樹とハルキムラカミ』（二〇一〇）と若い友人との共著『村上春樹　読める比喩辞典』（二〇一三）を書いていて、専門としてきたフランス小説以外では、わたしにとって多くのページを費やして論じた小説家ということになるが、いったいどうしてだろうと自分でも不思議な感じにとらえられる。

おそらく最初は、この小説家の、当時の文壇に対する距離の取り方に共感したからではないか。文学をやっているという共通意識をもとにした同業者との交流や交遊にデタッチメントを貫く姿勢に、小気味好さを強く感じたのだ。あのころ、大学キャンパスで体験的に学ぶものがあったとしたら、それは徒党を組まないということにつきる。村上春樹は早い時期に、日本での執筆をやめ、海外で書くことを選んだ。そうしたことが小説家の日本語をどう変えていくかにも、ひどく興味をそそられた。書くのはそれまでと同じ日本語でも、生活のなかで異なる言語にたえず接触するなかから生まれてくる小説の言葉である。書く主体じたい異なる文化と異なる言語にさらされていて、そこからは、日本での、同業者との触れ合いのなかから生産される小説とは自ずと異なるものが出てくるだろう。そこに注目したのである。こちらが外国文学を学んだことに、関係があるかもしれない。

今回、中心に論じた長篇小説は、海外で構想・執筆された時期のものから帰国後に執筆されたものにまで及ぶが、異なる言語と異なる文化の経験はその痕跡を書かれたものに残さないはずはない。そのひとつの例が、私見では、「地下鉄サリン事件」に対するこの小説家の応対である。事件の直後に、被害者やその家族にじかに会って話を聞くということを、いかなる作家も行なわなかった。何か、インタビューというかたちで被害者やその家族に触れることへのためらいと労わりが暗黙のうちに共有されていたのではないか。そうした共通感覚こそ、日本文化と日本語という単一性が場に及ぼす見えない圧への、自然な反応にほかならない。そして、本書で注目した「地下鉄サリン事件」以降のこの小説家の物語、とりわけその構築方法に、深く広く、異なる言語や異なる文化との接触によって経験したものが及んでいる。少なくともわたしはそう考えている。

ここで扱った論考は、そのような理解のもとに書かれていて、そのことが本書へのアプローチの一助となれば、筆者としてこれに勝る喜びはない。

今回、本書を上梓するに際し、多くの助言と懇切な対応で完成まで伴走してくれた幻戯書房の中村健太郎氏に、心からの謝意を捧げたい。そして本書を手にとってくれた読者の方々にも、篤い感謝の思いを伝えたい。

令和三年十一月十八日

芳川泰久

［著者略歴］
芳川泰久［よしかわ・やすひさ］
一九五一年、埼玉県生まれ。早稲田大学大学院博士課程修了、同大学教授（フランス文学、文芸批評）。主な著書に、『闘う小説家バルザック』（せりか書房）、『謎とき『失われた時を求めて』』（新潮社）、『『ボヴァリー夫人』をごく私的に読む』（せりか書房）、小説に『歓待』（水声社）、『坊っちゃんのそれから』『吾輩のそれから』『先生の夢十夜』（以上、河出書房新社）、主な訳書にクロード・シモン『農耕詩』（白水社）、バルザック『サラジーヌ　他三篇』『ゴプセック・毬打つ猫の店』（以上、岩波文庫）、フローベール『ボヴァリー夫人』（新潮文庫）、プルースト『失われた時を求めて』（角田光代と共訳、新潮社）ほか多数。

村上春樹《むらかみはるき》とフィクショナルなもの
「地下鉄《ちかてつ》サリン事件《じけん》」以降《いこう》のメタファー物語論《ものがたりろん》

二〇二二年二月二五日　第一刷発行

著　者　芳川泰久
発行者　田尻　勉
発行所　幻戯書房
郵便番号一〇一―〇〇五二
東京都千代田区神田小川町三―十二
岩崎ビル二階
電　話　〇三（五二八三）三九三四
FAX　〇三（五二八三）三九三五
URL　http://www.genki-shobou.co.jp/

印刷・製本　中央精版印刷

ISBN978-4-86488-241-5　C0095